COLLECTION FOLIO

Eduardo Barrios

L'enfant qui devint fou d'amour

SUIVI DE

Pauvre laid !

Traduit de l'espagnol (Chili)
par François Maspero

Gallimard

Titre original :

EL NIÑO QUE ENLOQUECIÓ DE AMOR

Eduardo Barrios (1884-1963), conteur, romancier et dramaturge chilien, fut aussi commerçant, chercheur d'or, comédien, saltimbanque, ministre et académicien. Il a obtenu en 1946 le prix national de Littérature et est considéré comme l'un des maîtres du roman naturaliste latino-américain. Paru en 1915, *L'enfant qui devint fou d'amour* est aujourd'hui un livre culte au Chili.

L'ENFANT QUI DEVINT FOU D'AMOUR

Avez-vous entendu un oiseau chanter dans la nuit ?

Il suffit d'un rayon de lune, un rayon légèrement doré, qui se faufile, se faufile à travers le mystère du feuillage, atteint la branche où se pelotonne le petit oiseau endormi, et le réveille. Ce n'est pas l'aube, comme il se l'imagine. Mais... il chante.

Alors, s'il s'agit de ce qu'on appelle un petit oiseau équilibré et fort, il découvre son erreur, replonge son bec dans la moiteur de ses plumes et se rendort.

Mais il y a aussi des petits oiseaux inquiets et fragiles, pour qui le rayon de lune a le pouvoir d'un sortilège. Et, après avoir chanté, ils s'élancent, tout étourdis, et s'envolent... Seulement, comme ce n'est pas le jour qui se lève, ils se perdent aussitôt dans l'obscurité, ou ils se noient dans un étang éclairé par le rayon d'or pâle, ou ils se déchirent la poitrine aux épines du rosier fleuri qui, quelques heures plus tard, aurait pu écouter leurs trilles les plus belles et enflammer leurs joies les plus folles.

Quel est ce rayon empoisonné qui réveille certaines âmes dans la nuit, leur ravit le lever du jour et les ensevelit dans une existence de ténèbres ?

Je vais vous raconter le secret d'un enfant que l'amour rendit fou.

Nul à part moi — pas même sa mère, devenue aujourd'hui son esclave — n'a jamais connu le secret de la folie de cet enfant. Je ne vous révèle pas encore comment son cahier douloureux et naïf est tombé entre mes mains. Je vous dirai seulement que je le publie aujourd'hui parce qu'il ne peut plus blesser personne. Pendant de longues années, j'ai tu jalousement le secret de cet enfant, de cet oiseau qui chanta dans la nuit et n'eut pas de matin. Le hasard me l'a livré et je l'ai gardé avec respect, ce respect que mérite un enfant sentimental et malheureux, une victime du rayon empoisonné qui met de la lumière dans les cœurs avant que le temps n'en soit venu et les précipite au fond de ce gouffre noir qui les appelle, le gouffre doux et terrible de l'Amour.

Aujourd'hui, don Carlos Romeral est venu de nouveau dîner chez nous. C'est l'homme le plus intelligent que je connaisse. Quand il parle, tout le monde l'écoute et lui donne raison. Moi, surtout, je lui donne toujours raison. Il dit des choses que chacun sent. Des choses auxquelles on n'avait pas fait très attention avant, mais on les avait senties, et elles sont la vérité pure. Ce soir, il m'a dit que, à l'heure de l'angélus, les cloches de l'église accompagnent le vol des hirondelles. Et c'est vrai, elles volent avec elles. Il m'a dit ensuite : « Cela veut dire que les enfants sont comme les hirondelles, que c'est l'heure où ils doivent se préparer à dormir... » Ce qui me semble maintenant une évidence. Je me demande ce qu'il dirait s'il savait combien j'ai du mal à m'endormir !

À table, il a aussi parlé d'un journal qu'il tient sur sa vie. Après le dîner, il a été très gentil avec moi et je lui ai demandé ce que c'était, ce journal. « Un cahier, m'a-t-il expliqué, où certains écrivent tous les jours ce qui leur arrive, car il y a parfois des choses dont on ne peut parler à personne. » Je lui ai dit que c'était juste et que ces choses-là, celles dont on avait le plus envie de parler, étaient les plus importantes, et que l'on ne pouvait malheureusement, comme il le disait, les confier à personne. Alors il m'a regardé longuement, pensif, puis il m'a posé beaucoup de questions, de ces questions qui rendent nerveux. J'ai été pris d'une de ces hontes... Ça me donne envie de pleurer, comme si j'avais fait quelque chose de mal, et je l'ai quitté.

Au bout d'un moment, je l'ai observé depuis le couloir. Il n'avait pas bougé, tout seul dans le petit salon, et il fumait, toujours pensif...

Il m'aime beaucoup, et je me dis que son amour pour moi est plus fort que celui de maman. Il ne vient pas souvent, mais je pense tous les jours à lui. Je l'aime beaucoup, oh ! oui, beaucoup. Et à partir de maintenant, je vais tenir un journal comme lui, dans ce cahier que je cacherai bien sous le tapis, pour tout dire d'Angélica...

Angélica est venue cet après-midi et j'ai encore gâché bêtement plus d'une demi-heure pendant qu'elle était là. C'est toujours la même chose !... Je veux tellement la voir et l'entendre, la sentir tout près de moi, et ensuite, je gâche le temps ainsi... Ça me met dans une colère !... Pourquoi suis-je si nerveux ? Mais dès que je sais qu'elle est là, je perds la tête. Que faire ? On me dit qu'elle est là, et c'est comme si je recevais un coup dans la poitrine, d'abord tout le sang me monte au visage, ensuite mes jambes deviennent toutes molles, tout mon corps est glacé, je me mets à trembler et, au lieu de courir la voir, je me précipite au fond de la maison, sans pouvoir me maîtriser. Je me dis : mais qu'est-ce que je fais ? Je vais attendre... je ne sais pas quoi. J'ai peur et je n'ose pas y aller. J'ai l'impression que, si j'entre ainsi tout d'un coup, on va s'en apercevoir... ou qu'elle va se moquer de moi. Et je passe tout ce temps à tourner en rond, jusqu'à ce que, petit à petit, je parvienne à me rapprocher, à me rapprocher, toujours terrorisé... J'ai un mal fou à arriver au salon ainsi, comme par hasard. Et c'est aussi parce que, comme elle m'aime tant, dès qu'elle me voit elle me donne un baiser et elle me serre dans ses bras. S'il n'y avait que le baiser, ce ne serait rien, cela ne me ferait pas autant d'effet, mais il faut encore qu'elle me serre dans ses bras, et ça, non vraiment, je ne peux pas le supporter. Je ne sais pas, c'est plus fort que moi :

ce qui est certain, c'est que je la sens tout contre moi, et alors je suis pris d'un immense désespoir. Je ne peux plus respirer, je sens que je vais fondre en larmes. Oh ! je la serrerais bien moi aussi dans mes bras, de toutes mes forces, et je lui dirais tout ce que j'endure pour elle, et que je l'adore, et mille choses. Mais, dans ces moments-là, je suis désespéré, et tout ce que je peux faire c'est m'enfuir, encore une fois, jusqu'à la cour du fond. Aujourd'hui, je suis parti, comme toujours ; c'était insupportable. Après, je ne savais plus comment revenir. Heureusement, elle m'a appelé. Elle m'a fait asseoir à côté d'elle sur le canapé, et je suis resté là tout le temps de sa visite, à la regarder, à l'écouter parler avec maman, et à respirer sa douce odeur si particulière… Parfois, quand je reste ainsi, près d'elle, sans dire un mot, l'envie me vient de tomber malade pour qu'elle parle de moi et de personne d'autre, et qu'elle me fasse plein de caresses… Bien sûr, j'étais content, cet après-midi, mais j'étais triste, aussi… Cela me rend toujours triste. Si j'ai tant de chagrin, c'est parce que je vois combien je l'aime d'amour, alors qu'elle, elle m'aime comme on aime un enfant. C'est naturel. Comment pourrait-elle m'aimer d'amour ? Quel malheur, mon Dieu, quel malheur ! Que faire ?

J'ai beaucoup de chagrin et je voudrais en avoir encore plus. Cet après-midi, Angélica est venue et a demandé à maman de me laisser l'accompagner dans les magasins, et dans la rue nous avons été rejoints par un garçon qui ne m'a même pas regardé et qui n'a fait que parler avec elle. Nous ne sommes entrés dans aucun magasin : nous avons marché dans beaucoup de rues, et ils me disaient d'aller devant quand il n'y avait personne. Je voulais me retourner pour les regarder, mais je n'osais pas. Il a fini par partir, et nous nous sommes retrouvés tout légers. Elle était très contente. Tout en marchant, plus nous étions légers et plus je devenais triste, si bien que, en arrivant devant chez nous, les larmes me sont venues, et quand elle m'a vu pleurer elle s'est effrayée et m'a demandé pourquoi je pleurais. Je lui ai répondu que c'était à cause de ce garçon antipathique qui nous avait rejoints dans la rue, et alors elle a éclaté de rire, et elle a dit : « Quel gamin tu fais ! » et elle m'a demandé si je voulais bien être son fiancé. Moi, bien sûr, je suis resté muet. Qu'est-ce que je pouvais répondre ? Ensuite elle est redevenue sérieuse et elle m'a fait beaucoup de gentillesses. Mais j'ai toujours du chagrin... et je voudrais en avoir encore plus...

Et le temps passe, et je vais de plus en plus mal. Je me couche tôt et je fais semblant de m'endormir tout de suite pour qu'on éteigne vite la lumière, qu'on me laisse seul et que je puisse pleurer, parce que c'est si bon de pleurer dans ces cas-là... Comme ça fait du bien de pleurer ! Je dois mordre mes draps pour que mes frères ne m'entendent pas. Mais on ne peut pas pleurer très longtemps. Pourquoi ? On se calme sans le vouloir, on a la poitrine plus libre, et on a beau vouloir continuer à pleurer, on ne peut pas. Moi je dis que ce n'est pas juste, parce qu'on reste avec son chagrin. Alors je pense à elle, à un tas de choses d'elle et de moi. Cette nuit, je me suis rappelé quand elle venue pour la première fois à la maison. Elle avait une robe violette, la couleur se reflétait sur son visage, et dans ses yeux aussi on voyait deux petits points violets. Elle était très belle, vraiment très belle, elle est tous les jours plus belle... ! Ces yeux... comme s'ils étaient tout neufs, brillants, et ces battements de paupières si bizarres, si jolis, très rapides, et qui vous réjouissent le cœur, et ses cheveux qui frisent, avec le bout des mèches blondes... Aujourd'hui, je la regardais, encore et encore et, quand c'était elle qui se mettait à me regarder, j'étais obligé de détourner les yeux, parce que je me sentais tout drôle. Mais alors je sentais son regard sur mon visage, comme quelque chose de doux qui me laissait sans force, incapable de bouger. Mon Dieu, c'est terrible ! Je crois que maman s'en est aperçue, parce qu'elle a dit : « Ce gamin est amoureux de toi, Angélica. Il ne te quitte pas des yeux. » Maman a dit ça en riant, sans intention, mais moi, depuis ce moment, je n'ai plus pensé qu'à elle, je veux dire à Angélica, et à ce que maman a dit... et aujourd'hui encore j'y pense.

Ah ! et l'autre jour elle m'a demandé si je l'aimais, et je lui ai répondu que oui, plus que personne au monde. Quelle folie ! Mais je n'ai pas pu me contrôler, ça m'a échappé. Alors maman m'a regardé et j'ai été obligé de corriger et de dire : « Après maman, grand-mère et mes frères. » Mais ce n'est pas vrai, je l'aime plus qu'eux tous ! Plus qu'eux tous ! Oh ! comme je suis heureux d'avoir ce cahier pour le dire !

On m'appelle pour aller au lit et je n'ai pas fini mes devoirs pour l'école. Je m'excuserai en disant que j'ai eu mal à la tête et ils me croiront, parce que j'ai eu vraiment mal à la tête toute la journée et, à l'école, ils s'en sont aperçus... Et puis, ils peuvent me punir s'ils le veulent. Il faut que j'écrive mon journal parce que je ne peux parler de ces choses à personne : à qui les dire, puisque je n'ai pas le courage de les lui dire à elle, et que mes frères sont tellement stupides… ?

Mes frères ne m'aiment pas. Ils ne me demandent jamais de jouer avec eux parce qu'ils disent que je ne sais pas. Et ils ont raison ; je ne comprends pas grand-chose aux jeux, et c'est parce qu'ils ne me plaisent pas ; et puis les autres gamins ne m'amusent pas, car j'ai bien vu qu'ils sont tous très différents de moi. Ils oublient qui ils sont, ils oublient tout ce qui les entoure et ils peuvent jouer à leur aise, tandis que moi je ne peux oublier qui je suis, ni rien, de sorte que je n'arrive jamais à bien suivre le jeu, je perds toujours et je fais perdre ceux de mon camp. C'est pour ça que grand-mère dit que je suis un pauvre gosse, que je suis maigre et pâlot, que j'ai les jambes comme des allumettes et que je fais pitié. Qu'est-ce que je dirais d'elle, alors, avec ses mains couvertes de veines, sa peau couleur de terre sèche, ses lèvres blanches, ses dents jaunes, et elle ne sait même pas jouer du piano comme maman ; tout ce qu'elle sait faire c'est se disputer avec les bonnes. Moi, si j'étais grand, je ferais plein de choses. Et si je suis tristounet, comme elle le dit, est-ce que cela gêne quelqu'un ? D'ailleurs, j'ai toujours été comme ça ; seulement, autrefois, je n'avais pas de chagrin, sauf quand j'avais une raison d'être triste, dans ces temps bénis, et aujourd'hui je le suis bien davantage, mais c'est à cause d'Angélica, et j'aime bien cette tristesse... Quand reviendra-t-elle, Angélica ? Angélica de mon âme... ! Je croyais que je pourrais écrire dans ce cahier toutes les choses tendres que je lui dis en pensée ; mais maintenant je vois que, même si personne ne lit ce que j'écris, cela me rend toujours très honteux d'écrire ces mots que je lui dis sans parler ou que je dis à son portrait. Ce soir, avant de me coucher, j'ai volé son portrait au salon, je l'ai emporté dans mon lit, je l'ai couvert de baisers et je lui ai dit toutes ces choses que j'ai honte de mettre ici. Je voulais le garder pour l'avoir toujours dans mon cahier ; mais, tout d'un coup, j'ai eu très peur d'être grondé et je n'ai été tranquille qu'après m'être levé, en chemise, et l'avoir remis dans l'album. Bien sûr, on m'aurait découvert, parce que, quand on m'aurait questionné, je serais devenu nerveux et on aurait tout lu sur ma figure.

Demain c'est dimanche, et peut-être que je la verrai à la messe, sinon je dirai à maman de nous envoyer chez mes cousins. Angélica y va souvent le dimanche après-midi et je peux rester sur le balcon avec elle et avec ma tante

Carmencita qui m'aime beaucoup, elle dit que je suis très affectueux. En voilà une qui est bonne et très jolie, elle a des petites mains très douces, elle sait raconter des histoires, sa voix est si gentille et si calme…

Elle n'est pas allée à l'église San Francisco mais à la Cathédrale, pour se promener sur la place après la messe, m'a-t-elle dit ; mais je l'ai vue l'après-midi. Elle n'a fait que passer chez mes cousins, et c'était déjà le soir. J'étais sur le balcon avec ma tante Carmencita et je regardais les lumières de la rue qui tremblotaient avant de s'allumer, et ensuite le ciel qui devenait tout décoloré, quand je l'ai aperçue sur le trottoir ! Je me demande comment je ne l'ai pas vue arriver. Elle n'a pas voulu monter parce qu'il était tard, et aussi parce que Raquelita, qui l'accompagnait, avait mal aux pieds à cause de ses souliers neufs ; mais nous sommes descendus, ma tante et moi, et nous avons marché tous ensemble de la porte au coin de la rue. Elle était si contente que c'était contagieux, et ensuite elle s'est mise à parler à voix basse à ma tante, elles riaient et regardaient au loin, du côté d'où était arrivée Angélica, mais en se cachant, ce qui fait que je n'ai pas pu savoir ce qu'elles cherchaient des yeux. Qu'est-ce que ça pouvait bien être ? C'est dommage, surtout que personne ne garderait mieux ses secrets que moi. Mais c'est toujours la même chose, on ne devine jamais ceux qui voudraient tout faire pour vous et qui sont près de vous mais qui ne le disent pas, simplement parce qu'ils n'osent pas. Moi je dis qu'on devrait deviner ; seulement il faudrait avoir confiance, comme moi j'ai confiance en don Carlos. Je suis sûr qu'il voudrait que je lui raconte tous mes secrets, et je les lui confierai si j'en ai l'occasion. Angélica ne devine pas ; mais, quand même, je suis content : elle a dit à ma tante que j'étais un amour, elle a dit plein de choses gentilles à mon sujet, et après elle m'a embrassé… et moi aussi, et comme elle m'a tenu la main tout le temps, j'ai gardé l'odeur de ses gants. Je me sens très, très heureux. Comment cela se fait-il que je sois si content quand je la vois juste un instant, et pas quand je passe un long moment avec elle… ?

… Je vais aller me coucher. Pourvu qu'ils ne tapent pas au mur dans la maison d'à côté. Ils ont pris la manie de taper et ils me font peur. Qu'est-ce qu'ils peuvent bien fabriquer ? C'est insupportable. J'attends avec tant d'impatience l'heure de me coucher pour être complètement seul, dans le noir, pour pouvoir bien sentir cette espèce de soif et de bonheur, ce serrement de gorge qui est si doux, cet amour qui est si grand, et soupirer, pleurer autant que je le veux en enfonçant ma figure dans l'oreiller… et pourtant j'ai si peur d'aller au lit. J'entends un tas de bruits qui me donnent des battements de cœur. Quand ce n'est pas un meuble qui grince, c'est une assiette qui tombe dans la cuisine, ou une porte que l'on ferme, ou alors ces maudits coups sur le mur d'à côté. Je ne devrais pas m'inquiéter, je ne fais rien de mal, à part rester éveillé, et personne ne peut deviner mes pensées ; mais il me vient une peur atroce, je n'y peux rien…

Maintenant maman m'observe. Ce soir, j'ai eu affreusement peur. Mes frères jouaient après le dîner, ils couraient dans la cour et moi je les regardais de la galerie, adossé à un pilier, en pensant à Angélica, quand j'ai entendu maman dire à grand-mère : « Il est peut-être malade ? » Je me suis tout de suite rendu compte qu'elles parlaient de moi et je suis resté pétrifié. Je n'ai pas osé les regarder, mais je sentais qu'elles, elles me regardaient. Et c'était bien ça, elles parlaient de moi, car maman a dit encore : « Cela fait des soirs qu'il ne joue pas. » Et grand-mère lui a dit de me laisser tranquille, qu'elle savait très bien que je suis comme ça, éteint et tristounet, que je n'ai pas la vivacité de mes frères ; mais maman m'a appelé. J'étais transformé en statue ; la peur m'avait ôté la voix... C'est vrai, je crois que je suis en train de tomber malade, tant je suis devenu nerveux... « Tu en as des cernes, mon petit ! Pourquoi ne cours-tu pas un peu, toi aussi ? » m'a demandé maman, et je lui ai répondu que j'avais sommeil, tandis qu'elle me tâtait le front pour voir si j'avais de la fièvre ; mais je lui ai juré que je n'avais rien, et je me suis mis à rire, en me forçant, c'est vrai, parce que rien qu'à l'idée que, si elles me croyaient malade, elles transporteraient mon lit dans la chambre de maman, j'ai tremblé. Alors je n'ai pas trouvé autre chose que de rire, parce que perdre ma solitude de la nuit... Ah non ! Grand-mère m'a trouvé le front frais. Grand-mère donne toujours son avis avant d'avoir examiné ; si bien que, avant même de m'avoir touché, elle avait déjà décidé que j'étais frais. Pour une fois qu'elle faisait quelque chose de bien, la pauvre. Si maman avait le même caractère, je serais indépendant et plus heureux. Mais elle s'occupe trop de moi. C'est peut-être parce qu'elle m'aime... et moi, je suis content qu'elle m'aime... mais c'est fatigant, quand on s'occupe trop de vous...

Le plus dur, c'est que personne ne peut me défendre, car personne ne sait que l'affection de maman me martyrise. Depuis qu'elle a trouvé que j'avais des cernes sous les yeux, je suis obligé de jouer tous les soirs avec mes frères. Du coup, j'ai des courbatures partout. Ce n'est pas un martyre, ça ? Il faut sauter, il faut courir, chanter, m'exciter plus que les autres. Et si au moins je m'amusais… Mais non, parce que ma seule préoccupation, pendant ce temps, est de garder l'air heureux devant maman qui m'observe. Je calcule le temps que j'y passe : quand je pense que c'est suffisant, je vais près d'elle, pour qu'elle voie bien que je suis en sueur, que j'ai beaucoup couru et que j'ai bien fait descendre mon dîner, et parfois même je discute pour lui prouver que je me suis agité plus fort que les autres. Alors elle m'embrasse, toute contente, la pauvre, et moi je respire ; je peux aller me coucher sans cette maudite peur de la sentir venir près de mon lit pour voir si je dors bien. Et ce n'est pas rien, parce que, même si j'ai appris à faire parfaitement semblant de dormir comme un loir, je suis toujours terrorisé à l'idée que maman va venir voir si je dors. C'est vrai que je lui ai donné des raisons pour cela. Ça me met en rage. Pauvre petite maman ! Elle le fait parce qu'elle est bonne, mais comment ne pas être en rage… Tout cela à cause d'elle, mon Angélica… ! Maman dit que nous irons lui rendre visite ces jours-ci. Il était temps.

Nous y sommes allés. Nous avons fini par rendre visite à Angélica. Mais j'en suis revenu découragé. Il y avait du monde, et le garçon de l'autre jour, qui la regardait tellement. Elle était tout le temps avec moi mais, partout où nous allions, il allait aussi. Il s'appelle Jorge ; et il est joli garçon ; mais qu'est-ce qu'il est assommant ! Cette manière de dire « mademoiselle Angélica ». L'imbécile ! Je crois qu'il ne lui plaît pas. Et d'ailleurs comment il pourrait lui plaire, avec sa petite tête, ses yeux ronds et sa moustache en brosse à dents… Non, il n'est pas laid… Mais il ne lui plaît pas, je le sais parce que je le lui ai demandé et qu'elle m'a dit que non. Et pourquoi me mentirait-elle ? On verra bien. C'est impossible, et puis sa famille ne le permettrait pas. Je vois bien qu'il n'est pas son genre. Et puis, ne m'a-t-elle pas dit elle-même qu'il ne lui plaisait pas ? Alors pourquoi me faire tant de souci… ?

Je ne sais pas à quoi ça tient ; mais chaque fois que je lis des histoires, il me vient plein d'idées, j'imagine des choses que je vois clairement, très clairement, comme si elles étaient vraies, ce qui ne m'arrive pas lorsque je ne lis pas. Aujourd'hui, par exemple, j'ai pensé que ce crétin, ce pitre, le dénommé Jorge, était amoureux d'Angélica : et je voulais me raconter qu'elle le mettait à la porte de chez elle et qu'il se suicidait. Bien sûr, je ne pouvais pas l'imaginer très nettement. Après, je me suis mis à lire et, arrivé à la moitié, sans savoir comment, je me suis mis à penser de nouveau à cet idiot prétentieux, et alors j'ai tout vu et très bien. D'abord elle lui riait au nez, avec ce joli rire qu'elle a, qui résonne comme l'eau quand elle coule de la fine carafe de cristal, à la salle à manger ; et puis, tout de suite, elle devenait sérieuse et elle l'insultait, tandis que mon cœur bondissait de joie dans ma poitrine ; alors il s'en allait et, tout d'un coup, nous voyions un attroupement dans la rue, avec la police et tout, je courais regarder… et voilà qu'il s'était suicidé. Après, je me décidais enfin à lui dire tout ce que je pense, et alors elle pleurait autant que moi, de plaisir, de cette joie si forte qui monte de là, tout au fond, explose par les yeux et fait d'abord pleurer pour vous laisser ensuite plus heureux encore. Et après elle me répondait oui à tout, que personne ne l'aimait comme moi et qu'elle m'attendrait le temps qu'il faudrait pour que je devienne un homme. Et je ne vois pas pourquoi cela ne pourrait pas se passer comme ça. Elle serait toujours plus âgée que moi, bien sûr ! Mais est-ce qu'il n'y a pas des vieilles qui sont mariées à des jeunes ? Et moi je dis : combien, dans ces mariages-là, s'aiment autant qu'Angélica et moi ? Je vais vite lui parler.

Le problème c'est que, devant elle, je ne sais pas comment commencer. Quand je suis loin, j'ai l'impression que nous avons très confiance l'un dans l'autre ; mais, dès que je suis près d'elle, je me sens tout cérémonieux...

Mes frères sont vraiment très stupides. Aujourd'hui, Pedro m'a lancé que j'étais un idiot, parce que je battais des paupières, et Enrique a dit : « C'est une habitude d'Angélica et il l'imite, il paraît qu'il est amoureux d'elle. » Je suis devenu furieux et je l'ai battu, alors il est allé se plaindre à grand-mère et elle m'a traité d'hypocrite et de gamin mal élevé, et elle m'a pincé les bras. Grand-mère ne m'aime pas ; elle s'est moquée de moi quand ils lui ont raconté que je battais des paupières en copiant Angélica. J'ai été tellement humilié que j'en ai encore mal à la tête. Je comprends maintenant pourquoi on dit que quelqu'un peut mourir de rage. Le pire, c'est que je ne pourrai plus battre des paupières.

Et c'est si joli ; les yeux semblent si vifs, si joyeux, comme les siens, comme elle-même, qu'on dirait que tout son corps jette de la lumière. Je ne peux pas me débarrasser de ma colère contre grand-mère. Elle m'a fait plus de mal que mes frères. Mais je me suis vengé : elle m'a donné un caramel, après en avoir distribué aux autres, et je l'ai refusé. Alors elle l'a donné à Enrique, de cette manière il en a mangé deux fois et s'est retrouvé gagnant, lui qui était le coupable de tout. Mais c'est le chouchou de grand-mère... Pourtant ça ne devrait pas être lui, mais moi, comme dit maman, puisque je suis le plus petit...

Tout ce que dit don Carlos Romeral fait du bien. Pour moi, il en sort toujours quelque chose de bon. Il est étonnant. On dirait qu'il devine ce qui me rend heureux. Aujourd'hui, peu après son arrivée, il a raconté que le dénommé Jorge est parti à la campagne, pour travailler dans une ferme. Il faudrait qu'il reste là-bas pour toujours, ce sale intrus. Je suis de plus en plus sûr que don Carlos m'aime beaucoup, comme si j'étais son fils. Et je voudrais bien, moi, être son fils. Comme je n'ai pas pu connaître mon père... Il est mort quand je n'étais pas encore né. Je ne sais pas si Pedro était déjà né ; mais je crois que non, parce qu'une fois j'ai entendu grand-mère dire que, avec le chagrin de la mort de papa, Pedro était venu avant terme. Oui, c'est bien ça ; je m'en souviens, parce que je me suis demandé, à ce moment-là, ce que les deux choses avaient à voir l'une avec l'autre... En tout cas, don Carlos est comme mon père, il me donne des habits et, avant, il m'emmenait promener. Depuis un certain temps, il ne le fait plus. On dit que cela déplaisait beaucoup à sa femme. Un soir, maman et grand-mère en parlaient. Maman pleurait beaucoup, et ma grand-mère était furieuse. Il a dû se passer quelque chose de grave ce soir-là. Grand-mère m'a grondé parce que j'étais venu là où elles étaient. Comment deviner que je ne devais pas venir ? Mais maman s'est fâchée très fort parce que grand-mère m'avait grondé, elle m'a pris dans ses bras, elle m'a donné des baisers en disant : « Pauvre petit ange, ce n'est pas ta faute, tout ça ! » Bien sûr, quelle faute j'aurais pu commettre ? Grand-mère me déteste, et alors ? Je suis le préféré de maman et don Carlos n'aime que moi...

Cela fait quinze jours qu'Angélica n'est pas venue. C'est incompréhensible. Et je n'ai pas le courage de tenir mon journal. Je ne dors pas, je ne travaille pas, je ne peux rien faire normalement. Avant, si j'avais des insomnies, c'était quand elle venait et qu'elle m'embrassait, ou quand j'avais de mauvaises nouvelles d'elle ; mais maintenant, c'est toutes les nuits, toutes les nuits du Bon Dieu… Je ne peux même plus écrire. Et, de rester toujours réveillé, ça me donne la tête lourde, je ne peux rien faire d'autre que d'être triste. Et mon cœur me fait mal… Angélica, ma petite Angélica chérie, viens, viens, viens… !

Et il faut jouer, toujours jouer, chaque soir, avec mes crétins de frères… C'est affreux ! Mais maman…

… et je ne dormais plus. Le jour, je tombais de sommeil, et la nuit, rien, impossible de fermer les yeux jusqu'à Dieu seul sait quelle heure. Je me dis que je me suis conduit comme un idiot. Comment n'ai-je pas eu cette idée plus tôt ? C'était si simple pourtant. Un peu d'énergie, et voilà. À cinq heures, en sortant du lycée, je suis passé devant chez elle. Elle était au balcon. Hélas ! dès que je l'ai vue, du coin de la rue, j'ai senti des coups dans ma tête, à l'intérieur, j'avais le souffle coupé, et je me suis mis à avoir froid, terriblement froid… En marchant, j'avais l'impression que j'allais m'envoler, mes jambes sont devenues toutes raides. Une fois devant la maison, j'ai ôté mon chapeau, très sérieux. Et j'allais continuer mon chemin. Est-ce que je suis stupide ? S'il n'y a pas quelque chose d'inattendu qui m'arrête comme un ressort, je continue mon chemin... Que s'est-il passé... ? Je m'en souviens à peine... Je crois qu'Angélica m'a parlé du balcon. Oui, oui, c'est ça. Je tremblais, à cause de ce froid de glace qui m'était venu, et je n'ai rien entendu, sauf un bruit, un tintamarre dans mes oreilles qui m'a affolé, et rien que d'y penser j'ai envie de crier. Donc, je crois que je me suis approché, qu'elle m'a demandé ce que je faisais là, si j'avais fait l'école buissonnière... Et moi, pas moyen de prononcer un mot. Je ne sais même pas comment je suis monté chez elle, en courant. Qu'est-ce qu'ils ont dû penser, là-haut ! Mais je n'ai pas pu me retenir. Ce que je sais, c'est que je ne l'ai pas laissée m'embrasser. Ça, non ! Je n'aurais pas pu résister. Dans l'état où j'étais à ce moment-là, jamais ! Elle m'a offert de la pâte de coings. J'ai refusé. Je lui ai demandé une rose qu'elle portait sur la poitrine. Bien sûr, je ne la lui ai pas demandée de but en blanc. Non, j'ai été plus malin. Je lui ai d'abord dit que maman aimait énormément ces roses qui ressemblent à du sang. Et elle m'a répondu :

« Prends-la. » Elle me l'a donnée, et je l'ai rapportée à maman ; et ce matin, avant qu'on la jette, je l'ai reprise et… et quel bonheur ! Ah ! et après, je lui ai dit le principal, parce que c'était pour ça que j'étais venu : que maman était très étonnée qu'elle ne soit pas passée la voir depuis si longtemps, et elle m'a promis de venir demain. Elle m'a aussi demandé si elle me manquait et si je l'aimais toujours. Je lui ai répondu que oui, et c'est tout.

Il faut dire que les autres filles étaient là, sinon… Mais tant pis, ce sera pour une autre fois ; parce qu'il faut que je lui dise tout ce que je pense, lui dire que je mourrai si elle ne m'attend pas, lui dire tout, tout… Enfin, je me sentais bien. Je suis reparti à la nuit tombante. Comment n'y ai-je pas pensé plus tôt ? Souffrir ainsi, des jours et des jours…

Elle a tenu parole. Elle est venue. Seulement elle a tout raconté à maman, et maman a beaucoup ri parce qu'elle a pris ça comme de la politesse de ma part, et elle m'a dit : « Tu es bien élevé ! » Mais, mon Dieu, que j'ai eu peur ! J'ai dû dire à maman que j'avais oublié de lui en parler. Et cela n'est pas allé plus loin. Après, tout s'est très bien passé pour moi, vraiment très bien, avec Angélica. Je lui ai dit un certain nombre de choses, en nous promenant dans la

« cour des plantes » ; pas très claires, mais je crois qu'après ça je vais pouvoir oser dire le reste, le plus important. Il faut que je me le jure...

Bon, aujourd'hui je n'ai pas besoin d'écrire davantage. Aujourd'hui je serai content de courir et de sauter après le dîner, oh ! oui !

Il ne faut jamais se réjouir trop tôt, oh ! mon Dieu ! Elle n'est pas revenue. Cela ne fait pas beaucoup de jours mais je suis de nouveau inquiet, je ne pense qu'à la revoir. Cela fait trois après-midi de suite que j'essaye de repasser devant chez elle, mais, rien à faire, je ne vais pas plus loin que le coin de sa rue. Je ne sais pas, mais je crois que cette fois maman a des soupçons. Et je me demande si, tout compte fait, il ne vaudrait pas mieux que je dise tout à maman. J'y ai pensé ; mais non, il faut encore beaucoup réfléchir, et maintenant plus que jamais.

Oh ! là là ! et ma grand-mère, qu'est-ce qu'elle dirait ! Que je suis un pauvre gosse fou, que je les ferai mourir, et que les enfants ne doivent penser qu'à l'école. Comme si, justement, cela ne me donnerait pas davantage envie de travailler. Je travaille, maintenant... Et c'est parce que je veux terminer mes études très vite pour être un homme... J'irai demain. C'est si simple... Oui, vu d'ici, cela me semble très facile ; mais après, la peur me rend idiot. Dès que j'arrive au coin de sa maison, je suis pris de tremblements. Et si je ne faisais que trembler : mon cœur cogne, tout le monde dans la rue me regarde et je m'imagine que les gens découvrent mes intentions, ou alors qu'ils me prennent pour un voleur. En tout cas, ce qui est sûr c'est que, maintenant, je n'ose jamais tourner le coin de la rue. Au mieux, je regarde à travers les vitrines du magasin mais, de là, on ne voit pas toutes les fenêtres de la maison d'Angélica ; bien souvent je ne suis pas plus avancé, je ne sais pas si elle est là ou pas. Et ensuite le temps passe à toute vitesse. Attendons encore un jour, sinon...

Les jours se suivent et ne se ressemblent pas ! Maintenant, elle vient tout le temps. Elle va en ville presque tous les matins, et ensuite elle vient chez nous et, quand je rentre de l'école pour le déjeuner, je la trouve dans la lingerie, elle prend des airs de vraie dame, elle bavarde, elle bavarde, pendant que maman raccommode nos vêtements. Je n'ai encore rien pu lui dire de tout cela, mais qu'importe ? Est-ce que ça ne me suffit pas ainsi ? Je suis heureux, très, très heureux. Et l'après-midi, je monte à l'étage des bonnes, parce que j'aime ce couloir qui donne sur les toits, au coucher du soleil ; de là je vois les cimes des arbres qui montent des cours, j'entends les cloches de San Francisco et des autres églises plus lointaines, et j'ai l'impression que les cimes des arbres et les cloches volent dans l'air. Un côté du ciel bouge, les bandes de couleurs descendent, il y en a qui sont comme du feu, comme de l'or, et des roses, des vertes, tandis que du côté de la montagne les sommets deviennent d'abord ocre, puis violets, et le ciel est comme un chagrin très doux. Alors je pense à Angélica et parfois je suis pris d'une joie immense, et d'autres fois du même chagrin que le ciel et aussi doux que lui... Le matin, j'aime la cour des plantes. Les oiseaux viennent jusqu'à la fenêtre de la salle à manger. Ces petits messieurs n'ont pas du tout peur de moi : je ne bouge pas et eux ne s'envolent pas. Est-ce parce qu'ils savent que je les aime ? Juana dit que ce n'est pas si sûr, que je ne vois pas qu'ils veulent surtout les miettes, quand elle secoue la nappe. Le petit jet d'eau du bassin ressemble, lui aussi, à un oiseau, à cette heure-là, peut-être parce que l'eau coule en sautillant ou parce qu'elle chante. Tout est frais, à cette heure-là, on dirait que la cour est comme les gens, qu'elle se lave et se peigne tous les matins...

Les grands disent que tout ce qu'ils font, c'est pour notre bien, mais en fait ils ne savent que nous décourager. Maman dit qu'ils font ça pour que nous soyons heureux quand nous serons grands ; mais, d'autres fois, elle dit que les grands ne peuvent jamais être heureux et que le bonheur ne dure que le temps de l'enfance. Après ça, essayez de comprendre…

J'étais tellement heureux, hier, et puis aujourd'hui maman s'est mise en colère contre moi parce que j'ai rapporté des mauvaises notes du lycée, et elle m'a dit que j'étais en train de devenir un cancre et que, si je continuais comme ça, je redoublerais ma première année. Alors grand-mère a dit que je passais mon temps à lire des histoires et à bayer aux corneilles, au lieu de travailler ; et maman a déchiré mes petits livres et maintenant elle dit qu'elle ne m'en achètera plus jamais, même si je la supplie par tous les saints du ciel, en tout cas pas avant les vacances. Quel malheur ! Je les aimais parce qu'ils me faisaient penser très clairement, comme quand je rêve, je parle et ils me répondent, et il me semble que je suis grand et que je me suis marié avec Angélica ; et puis j'apprenais beaucoup de mots dans mes histoires, et à mettre les points et les virgules, ce qu'on ne peut pas apprendre à l'école, parce que le professeur l'explique avec des règles qu'on oublie. C'est terrible qu'elles m'aient supprimé mes histoires parce que tout cela me servait pour écrire mon journal. Je savais bien que grand-mère trouve toujours ce qu'il y a de plus méchant. C'est parce qu'elle me déteste... Oui, il faut vraiment détester quelqu'un pour faire ce qu'elle me fait. Je m'étais déjà aperçu que, chaque fois que maman parle de ma naissance, grand-mère prend un air furieux et elle me regarde avec tant de rancune qu'on dirait que je lui ai fait beaucoup de mal en naissant. Mais est-ce que c'est ma faute, à moi, si on m'a fait naître ? C'est ce qu'a dit un jour don Carlos, et que de toute manière on n'y pouvait plus rien. Mais elle est vraiment méchante.

Puisque je n'ai plus mes petits livres, aujourd'hui, dimanche, je suis resté dans mon coin. Pour faire semblant, et pour contenter maman en lui faisant croire que je travaillerais, j'avais rapporté mes cahiers de l'école, mais je n'ai fait que penser aux contes de fées, Angélica était la princesse et moi l'enfant qui, au lieu d'aller courir le monde par le chemin des fleurs, a pris celui des épines ; et à la fin je me mariais avec la fille du roi, c'est-à-dire avec Angélica. Après, j'en ai eu assez de penser. Mais je suis resté dans mon coin, jusqu'à ce qu'il fasse noir. Mon coin, c'est dans ma chambre, entre la vieille commode, celle qui a des incrustations de nacre, et le mur qui me sépare du salon, et c'est l'endroit de la maison que je préfère. C'est là que je cache mon journal, sous le tapis, et que j'aime être, même si je ne fais rien, sauf compter les rayures du papier sur le mur et battre des paupières comme Angélica, rire comme elle et me répondre à moi-même tout ce que je veux qu'elle me réponde si je lui raconte mes projets. Je ne sais pas pourquoi j'aime tant tout ce qui se trouve dans mon coin et que je connais par cœur : sur le côté de la commode, dans la couronne qui a un paon au milieu, il manque un petit morceau de nacre ; il en reste trente-deux. Mais je n'aime pas l'œil du paon. On dirait un œil d'homme et il fait peur. C'est pour cela que je l'arrange toujours avec un crayon...

Comme je regrette, oh ! comme je regrette d'avoir fait ça ! J'ai été idiot, une vraie bête. Et j'ai tout perdu, peut-être pour toujours. Qu'est-ce que je vais faire, maintenant ? Mon Dieu,

Sainte Vierge, faites que ça s'arrange ! Mais ce n'est plus possible, elle ne m'aime même plus comme un enfant... Quel désespoir ! Non, je ne peux pas y croire. Mon Angélica, pardonne-moi, aie pitié de moi, je suis si malheureux. Je ne serai plus jamais grossier. Oui, c'est vrai que je suis jaloux et que je suis devenu fou. Qu'est-ce qui m'est passé par la tête ? Le diable a dû s'en mêler... J'avais pris l'habitude d'y aller tous les après-midi. Je n'osais jamais dépasser le coin ; mais je l'apercevais à travers les vitrines du magasin, et même si je tremblais d'émotion et de nervosité, je restais là et cela me suffisait. Et puis hier, j'arrive, et je vois qu'elle est avec ce bandit de Jorge sur le balcon. Si au moins les autres habitants de la maison avaient été avec eux ; mais non, ils étaient seuls, tout près l'un de l'autre, et il lui parlait, le visage contre le sien, et elle riait. Alors bien sûr ! comment pouvais-je me contenir ? Il a suffi que je les voie et toute la rue s'est obscurcie, mes oreilles bourdonnaient, et je suis monté en courant chez elle... En chemin, je me souviens que je me disais : « Je vais le tuer, je vais le tuer » ; mais, quand je me suis retrouvé devant la porte et qu'on m'a demandé : « Qui est-ce ? » et que je n'ai pas su quoi répondre, le courage m'a abandonné et je suis resté planté là comme un imbécile, avec une douleur derrière la tête, dans la nuque, terrible. La bonne m'a ouvert et m'a fait entrer, je suis allé au balcon et elle, toute joyeuse, m'a embrassé et m'a posé des questions, mais je ne pouvais pas répondre. Alors ce crétin a dit, d'un ton suffisant : « Comment ça va, mon petit ? » Et je ne réponds pas non plus, mais je le regarde avec une haine atroce. Alors ils se regardent tous les deux, très étonnés, et il pose sa main sur ma tête et moi je la lui ôte, furieux. Et je ne sais plus ce qu'il me dit encore, comme s'il se moquait de moi. Je ne lui ai toujours rien répondu, mais quand il m'a demandé pourquoi j'étais tellement en colère, je lui ai dit : « Taisez-vous, intrus, animal, brute. Vous n'étiez pas parti à la campagne ? » Et elle… elle ne l'a pas fait par méchanceté… mais elle m'a grondé, elle m'a dit que je me conduisais mal, que c'était très laid, et depuis quand j'étais devenu un enfant grossier et mal élevé ? Elle ne l'a pas fait par méchanceté, mais… je me suis dit que c'était encore pire, parce qu'on voyait bien sur sa figure qu'elle était fâchée ; et je lui ai répondu que ce qu'elle était en train de faire avec ce type était encore plus laid. Alors elle s'est fâchée encore plus fort, parce que je traitais l'autre de type… tellement fort que, d'abord, j'ai eu peur, et ensuite, je suis parti dans la galerie en pleurant. Elle m'a suivi, en riant cette fois, et elle m'a parlé plus doucement, et, dehors, elle m'a donné un baiser et a voulu me prendre dans ses bras ; mais je ne suis pas un idiot, j'ai essuyé la joue sur laquelle elle m'avait embrassé et je ne l'ai pas laissée me toucher. « Qu'il est drôle, ce gosse ! Jaloux ! Non, mais qu'il est drôle... », disait-elle, cette... Et ne voilà-t-il pas qu'elle voulait que je revienne et que je lui fasse des excuses, à lui... ? Parce qu'il était très bon et qu'il l'aimait beaucoup. Mais pas question, ah ! non alors ! C'est ce que je lui ai dit. Et c'est là que le pire est arrivé : elle est devenue sérieuse, très sérieuse ; elle m'a regardé un moment en se taisant ; et après, elle m'a dit : « Allons, ne sois pas désagréable. » Ça m'a mis dans une rage... Et comme je lui ai dit qu'elle, elle était encore plus désagréable (parce que, à cet instant, je la détestais de toute mon âme), elle a crié : « Au diable, sale gosse ! Demain, je me plaindrai à ta maman, je lui dirai comme tu as été gentil, tu vas voir ! » Elle est partie, et elle n'est pas revenue. Après, je ne sais plus, sinon que je suis rentré à la maison malade, en pleurant à chaudes larmes. Maman m'a demandé où j'avais mal et je lui ai répondu : au ventre. On m'a couché et on m'a donné un tas de médicaments, et même un purgatif. C'est comme ça que, pour couronner le tout, il a fallu que j'avale de l'huile de foie de morue. Mais j'avais dit que c'était le ventre et tout le monde disait : « La colique, il a la colique. » Au moins, de cette manière, j'avais un motif pour pleurer. Parfois, je voulais m'arrêter de pleurer parce que j'avais de la peine en voyant l'inquiétude de maman, mais je ne pouvais pas retenir mes larmes, c'était impossible… Le plus étonnant, c'est que je n'ai pas eu d'insomnie. Au contraire, je me suis endormi très tôt, sans savoir comment. Je me suis réveillé ce matin très tard, mes frères étaient déjà partis à l'école sans moi. Et je n'irai pas de toute la journée, parce que je me sens comme assommé, et puis je veux être là quand Angélica viendra, pour lui demander pardon et lui dire de ne pas se plaindre à maman…

… Elle n'est pas venue. J'ai passé toute la journée à trembler de la voir arriver et, en même temps, je voulais qu'elle vienne pour savoir si je pourrais lui parler. Mais elle n'est pas venue. Pourquoi ? Maintenant, je regrette de ne pas être allé au lycée, parce que j'aurais pu passer chez elle après et je lui aurais demandé pardon ; alors que, maintenant, j'ai toujours aussi peur…

Maman chérie, je voudrais tout te dire… ! Mais comment être sûr que maman ne se fâchera pas ? Et ce n'est pas parce que j'ai peur qu'Angélica me dénonce que j'ai envie de tout lui dire ; elle n'a plus l'intention de me dénoncer, c'est clair, sinon je me dis qu'elle n'aurait pas laissé passer presque deux semaines sans donner de ses nouvelles ; mais, comme ça, ils ne me rendraient pas tous malheureux comme ils le font. C'est pour cela que je voudrais parler à maman. Je dors maintenant moins que jamais, et c'est naturel, puisque je suis aussi plus triste que jamais ; mais ça n'empêche pas que, le matin, je ne peux pas me réveiller, je suis ivre de sommeil et j'ai la tête comme une pierre, elle tombe sur mon oreiller et je n'ai pas la force de la relever, ni même d'entendre ce que me crie grand-mère, parce que c'est tout mon corps qui reste endormi et pas seulement ma tête, comme avant. Seulement grand-mère n'arrête pas avant que je m'asseye sur mon lit, que je m'habille, que je retrouve mon chagrin et que j'aie de nouveau à la tête cette douleur qui bat dans mon cerveau. Elle ne fait que me rendre malheureux ! Comme s'il n'y avait pas autre chose à faire, quand quelqu'un a de la peine, que de le rendre enragé ! Et ça ne lui suffit pas. Ce matin, quand elle a vu qu'elle ne pouvait pas me réveiller, elle m'a jeté de l'eau à la figure en disant que c'est le remède souverain contre la paresse, que si je me levais plus tôt je serais en meilleure santé, comme mes frères, et que comme ça je ne ferais pas souffrir ma pauvre maman qui est une malheureuse et une inguérissable idiote. Après quoi elle a recommencé à dire, comme toujours, que je ne leur procurais que des ennuis et qu'il aurait mieux valu que ce soit ma petite sœur, celle dont on dit qu'elle est morte de la poitrine, qui soit restée en vie et pas moi, parce que c'est moi seul qui porte la faute de toutes les calamités de la famille. Moi, je n'ai pas bronché, comme me l'a conseillé don Carlos ; mais elle, allez donc, et allez donc ! Elle est vraiment méchante ! En plus, je trouve ça d'une stupidité… Mais je me dis aussi parfois que, si elle répète cela si souvent et avec une telle conviction, c'est qu'il doit bien y avoir une raison et… alors, qu'est-ce que je vais faire… ? J'ai encore plus de chagrin, parce que je me demande comment je vais vivre ainsi… J'en arrive même à croire, maintenant, que c'est vrai. Et maman qui s'acharne à me martyriser, elle aussi. C'est ça le plus étrange. On dirait qu'elle me soupçonne de vilaines choses. Comment c'est possible, je ne me l'explique pas ; mais c'est l'impression qu'elle me donne avec sa surveillance, sa figure soucieuse et son acharnement à vouloir que je joue sans en avoir envie. Depuis que, l'autre jour, don Carlos a eu la mauvaise idée de dire que les enfants doivent se coucher fatigués, elle est tous les soirs sur mon dos. Et elle m'observe tout le temps, parce que don Carlos a dit aussi qu'il n'était pas bon qu'un enfant reste seul pendant des heures. Est-ce que maman et don Carlos sont dégoûtés de moi, eux aussi ? C'est pour ça que je me dis que grand-mère doit avoir ses raisons pour me détester ainsi... Autre chose : hier, ils m'ont appelé tous les deux, maman et don Carlos, ils m'ont demandé de les suivre, nous traversions la maison et je me disais : Qu'est-ce que ça signifie ? Est-ce qu'Angélica m'a dénoncé ? Ce n'était pas ça, mais, une fois dans le salon, ils se sont assis et maman a commencé à me poser des questions, très bizarres d'abord : pourquoi j'avais les yeux de plus en plus cernés, pourquoi j'étais de plus en plus distrait, quels enfants je fréquentais au lycée, et si personne ne m'avait appris à faire des choses sales ; et ensuite, quand ils ont vu que je devenais nerveux, ils m'ont effrayé en me disant que, s'ils apprenaient quelque chose, ils me brûleraient les mains et m'enverraient en prison. Est-ce que je n'ai pas raison ? Comment supporter ça ? C'est comme ces choses qu'on voit en rêve et qui font une peur épouvantable, alors qu'on ne les comprend même pas...

Et je me dis : pourquoi Angélica ne vient pas ? Est-ce qu'elle est malade ? Si elle allait mourir... Oui, oui ; c'est peut-être un péché mortel de le penser ; mais cela vaudrait mieux, qui sait, parce que, comme ça, je mourrais aussi, et tout serait fini. Ce que je crains, c'est qu'elle ait décidé de ne pas me dénoncer, mais aussi de ne plus venir. Qu'est-ce que je ferais, alors ? J'ai peur, maintenant, à la seule idée d'aller chez elle. Et pourquoi j'irais, aussi ? Pour me retrouver dans la situation de l'autre jour et tomber raide mort ? Je ne sais pas, je ne sais pas ce que je vais faire. On dit que don Carlos pense partir en voyage et m'emmener avec lui. Mon Dieu ! pourvu qu'il ne fasse pas ça ! Qu'est-ce que je deviendrai, alors, si je n'ai même plus l'espoir de la voir et de lui demander pardon ? Parce que je crois encore que tout pourrait s'arranger. Mais elle ne vient pas. Mon Dieu ! elle ne vient pas, et moi je vais mourir. Aujourd'hui, à force de tellement penser à elle, je me suis mis à pleurer au milieu du déjeuner ; et comme cela s'est passé devant tout le monde, ça a fait toute une histoire, parce que maman s'est beaucoup inquiétée, et grand-mère a dit qu'on soignait ces simagrées avec le martinet et des bains de siège froids, pendant que mes frères riaient, et elles ont fini par se disputer toutes les deux. Pourquoi est-ce que je n'arrive pas à me contrôler ?

Sainte Vierge ! Je ne me rends plus compte de ce que je fais. Je ne sais pas comment tout cela va finir. Je me sens malade...

Il ne manquait plus que ça ! Le proviseur du lycée a convoqué maman et lui a dit que le conseil des professeurs avait décidé de lui demander pourquoi je suis si tranquille. Ils disent que je suis trop sérieux et que ce n'est pas bien. Est-ce qu'ils sont stupides ? Au lieu d'être contents que j'aie une bonne conduite ! Eh bien, non, messieurs ! Et en plus ils ont dit à maman que monsieur Latorre, qui est surveillant, m'a espionné toute la semaine et ne m'a pas vu jouer une seule fois. Vous vous rendez compte, ils se sont aperçus que je ne joue pas... Toute cette histoire, naturellement, a rendu maman encore plus inquiète, elle est rentrée du collège en pleurant, et quand je suis arrivé elle a recommencé ses questions, toujours en pleurant, et après elle m'a assis sur ses genoux, elle m'a fait beaucoup de caresses et m'a donné beaucoup de conseils qui n'avaient rien à voir. J'ai été sur le point de tout lui raconter, enfin, parce que, quand on a de la peine et qu'on voit qu'un autre en a aussi, on a envie de raconter. Mais je n'ai pas osé. Bien sûr, puisque je n'ose jamais rien ! Je suis vraiment lamentable... Et ce n'est pas le pire. Quand je vous dis que ma vie n'est pas une vie... Après ça, don Carlos est arrivé avec le docteur qui m'a ausculté la poitrine et le dos, il m'a frappé sur le ventre en mettant ses doigts comme un marteau, il m'a regardé dans les yeux, il m'a tâté tout le corps pour voir si j'avais des ganglions, enfin un tas d'histoires, pendant que maman lui disait que parfois, en pleine nuit, je me plains dans mon sommeil, et que d'autres fois, je fais des bonds dans mon lit, et que d'autres encore, je parle... De quoi je parle, mon Dieu ? Maman ne l'a pas dit et le docteur ne lui a pas demandé, mais j'ai eu très peur. Ah ! et le docteur m'a posé, lui aussi, les questions qui rendent nerveux, et moi, naturellement, je n'ai pas su répondre. Maman disait : « Réponds, mon petit. » Mais je ne comprenais pas, alors qu'est-ce que je pouvais répondre ? Tout ce que je pouvais faire, c'était d'avoir honte, parce que j'avais l'impression qu'ils voulaient me faire avouer quelque chose de mal, et ça rend toujours nerveux même si on n'a rien à se reprocher. Pour finir, le docteur a dit : « Ce n'est pas grave, madame. Ne vous inquiétez pas. Il est un peu anémique. Il semble qu'il va se développer trop tôt. » Et, là-dessus, il m'a demandé : « Et toi, qu'est-ce que tu en dis ? Tu aimerais devenir vite un homme ? » Oh ! mon cœur a bondi et je lui ai tout de suite répondu que oui. Et j'étais déjà tout content, et puis le voilà qui ajoute que je dois me lever à six heures du matin… de quoi il se mêle… ? Et qu'on me donne des bains, qu'on me fasse des frictions avec de l'eau de Cologne, et il m'a prescrit des pilules. Ah ! et il a dit encore que, si on pouvait m'envoyer à la campagne, ce serait mieux, même si je dois laisser l'école. Et après son départ, don Carlos a dit : « Bon. Je suis décidé. Je l'emmène. » Il veut toujours faire son voyage et me prendre avec lui. Et donc les choses vont de plus en plus mal. Parce que je n'ai aucune raison de souffrir un martyre comme ça. Déjà je ne vois pas mon Angélica et j'ai tout le temps le cœur serré, déjà je ne sais pas comment faire pour que grand-mère ne crie pas et que maman ne se désole pas, déjà elle me sert elle-même ma soupe et me coupe ma viande, alors, s'il faut encore que j'obéisse à la volonté de tout le monde, c'est insupportable. Parfois, à force de tellement souffrir, je deviens comme insensible et j'ai l'impression que je vais m'endormir là où je suis. Si tu savais tout cela, Angélica, est-ce que tu ne m'aimerais pas… ? Et où don Carlos a-t-il l'intention de m'emmener ? Je n'irai pas, je suis capable de tout lui avouer avant. Oui, il est très bon, et très intelligent, il m'aime beaucoup, et il doit bien savoir, lui aussi, ce que c'est que l'angoisse, puisqu'il tient un journal de sa vie ; et qui sait, s'il parlait à Angélica et lui demandait de ne pas me laisser mourir, de ne pas s'occuper de ce criminel et de m'attendre encore un peu puisque le docteur a dit que je serai très vite un homme... Je vais tout lui dire, parce que, sinon, je devrai réunir tout mon courage et parler moi-même à Angélica, même si je dois avoir une attaque rien qu'en la voyant...

... et c'est pour cela que je ne veux pas me réjouir, parce que chaque fois que j'attends quelque chose et que je suis content, cela tourne mal. Alors, au contraire, j'ai peur. Mais enfin, je vais la voir, c'est sûr. Mon Dieu, quelle angoisse ! Maman m'a dit, en revenant de la messe, que samedi c'est la fête d'Angélica, je lui ai demandé de m'emmener avec elle, et elle a répondu oui, qu'elle m'emmènerait pour que je me distraie un peu, et depuis ce moment je ne sais plus ce que je fais. On va bien voir...

Je ne sais pas pourquoi, maintenant, plus je souffre et plus je souhaite souffrir, et je voudrais qu'il m'arrive des choses affreuses, de ces choses qui rendent tout le monde très triste ; et que je finisse par en mourir... mais qu'elle sache tout, elle, oh ! oui... ! Parce que tout est perdu sans espoir ; on l'a prévenue que je suis très malade et elle n'a même pas été capable de venir un tout petit moment. Moi je dis que ça s'appelle ne pas avoir de cœur. Je devrais la détester, et pourtant je l'aime plus que jamais. Et cela doit être vrai que mon état est grave. Tant mieux ! Ah ! comme ce serait bon de mourir, et qu'on lui dise que je suis mort à cause d'elle... ! Ce qui me fait peur, c'est cette chose étrange qui arrive sur moi tout d'un coup. Est-ce que c'est parce que je délire ? On dit que j'ai passé toute la nuit à délirer, et ce doit être ça. Mais je ne me souviens pas de ce qui s'est passé cette nuit, en tout cas depuis qu'on m'a ramené ici, et je me dis que si cette chose était due au délire, je me souviendrais aussi du reste. Mais c'est quoi, alors, cette chose horrible qui me menace en ce moment ? J'ai une de ces peurs... Si je n'avais pas tellement envie de me consoler avec mon cahier, je réveillerais grand-mère qui s'est endormie dans la chaise à bascule en surveillant mon sommeil pendant que maman dort, on dit qu'elle ne s'est pas couchée de la nuit pour me veiller. Qu'est-ce que c'est, cette chose ? Je n'ose plus regarder par la fenêtre parce que, soudain, je n'arrive plus à quitter la montagne des yeux et voilà que du feu se met à sortir des sommets et que tout le ciel devient rouge, et ensuite la chose énorme apparaît dans les flammes et vient vers moi comme pour m'écraser, je me mets à crier de terreur et je veux partir en courant ; mais je ne peux pas bouger, et je continue à crier, et ensuite… je dois dormir, dormir profondément, car je ne sais plus rien. Je me dis que ce n'est pas le délire, parce que je m'en souviens alors que je ne me souviens pas des choses que, d'après mes frères, j'ai racontées cette nuit. Je me souviens seulement de quand on m'a ramené ici. Ça, ça ne s'efface pas.

Donc maman m'a emmené chez Angélica, c'était sa fête et il y avait une réception, beaucoup de gens avaient déjeuné là, et ils étaient tous dans le salon quand nous sommes arrivés. Mais, dans la salle à manger, la table restait mise avec des gâteaux, des glaces et beaucoup de bouteilles, et Raquelita m'y a conduit. Peu de temps après, maman est venue me chercher pour saluer Angélica, et c'est alors que j'ai commencé à souffrir, plus que je n'ai jamais souffert. Elle m'a reçu très sèchement et maman m'a dit de l'embrasser ; mais je n'ai pas osé et je me suis mis à trembler d'émotion. Et elle, elle m'a juste dit : « Tiens ! Toi aussi tu es venu me saluer. C'est très bien. » Mais pas question de baiser. Et maman qui me demandait : « Tu ne l'embrasses pas, mon petit ? Toi qui l'aimes tant… » Et après, elle lui a raconté mes nerfs et tout, et que j'étais très anémique, que j'avais eu une colique épouvantable, que sais-je encore ; mais aussi que je l'aimais tant, Angélica, que même dans mon sommeil, parfois, je lui disais des petits mots tendres. Et j'ai été encore plus ému pendant que maman racontait tout cela, mais en même temps j'étais content, parce que je voulais qu'Angélica le sache, peut-être qu'elle serait touchée et qu'elle m'aimerait de nouveau, et aussi parce que je n'aurais pas eu le courage de le lui raconter moi-même. Mais elle, c'est tout juste si elle a répondu je ne sais plus quoi à propos de la colique. Je me suis senti tellement malheureux... Et pourtant maman lui avait tout expliqué clairement, et elle, elle avait bien compris que ça n'avait pas été la colique mais du chagrin que j'avais eu cet après-midi-là, je l'ai bien lu sur son visage. Mais est-ce qu'elle a dit quelque chose pour me consoler ? Non, pas un mot ; sauf : « Voyez-vous ça, le pauvre petit », en se regardant dans le miroir qui est au-dessus du canapé, comme si elle n'écoutait pas ou comme si elle pensait à autre chose. Et maman continuait à lui expliquer ; mais elle en restait à des : « Ah oui ! Vraiment ? Le pauvre ! », d'un air distrait. Je n'arrivais pas à y croire ! Moi je ne la regardais plus, puisqu'elle ne s'intéressait pas à moi, la tristesse m'étouffait ; et elle, elle ne me regardait pas non plus, j'en suis sûr, sinon j'aurais senti sur mon visage cette chaleur que je sens toujours quand quelqu'un me regarde et pas moi. Non, elle ne me regardait pas ! Est-ce qu'on peut pardonner ça ?

Un moment, j'ai eu peur qu'elle me dénonce ; mais après, j'ai compris qu'elle ne le ferait pas et que, au contraire, si elle était nerveuse c'était parce qu'elle avait envie d'en finir rapidement pour aller de l'autre côté, comme si nous l'embêtions. Mais maman ne s'en rendait pas compte et elle continuait, jusqu'au moment où elle m'a redit : « Embrasse-la, mon petit. » J'ai baissé les yeux, mort de chagrin et de honte ; et pourtant, comme un idiot, j'ai attendu pour voir si elle me le demandait, elle aussi. Rien : elle a ri, d'un petit rire gêné, elle a regardé de nouveau le miroir, puis elle a appelé Raquelita en lui disant de m'emmener manger des glaces et elle est partie avec maman je ne sais où. Alors j'ai eu envie de pleurer et de crier. J'ai eu l'impression que je restais tout seul et que le froid envahissait ma vie, pour toujours. Et, sans me rendre compte de ce que je faisais, j'ai laissé Raquelita me conduire par la main.

Dans la salle à manger, je me souviens que Raquelita m'a servi des choses, mais je n'ai rien voulu prendre, sauf une limonade. Ah ! et je me souviens aussi qu'il y avait des messieurs qui parlaient beaucoup et se balançaient des talons jusqu'à la pointe des pieds, autour d'un vieux très laid qui avait des lunettes jaunes, et que j'avais les yeux fixés sur une tapisserie du mur, où des hommes à moitié nus et contrefaits voulaient chasser un sanglier très sauvage... Maintenant je me dis que c'est ce sanglier, la chose énorme qui sort des sommets... Non, je ne suis pas sûr... Et puis quelqu'un est passé dans le couloir et... c'est mon cœur qui m'a prévenu, j'ai sauté sur ma chaise... et je l'ai vu franchir l'autre porte de la salle à manger, et c'était lui, Jorge.

Et alors je ne sais pas ce que j'ai fait ; tout ce que je me rappelle c'est que je suis arrivé seul au salon et, au moment où je suis entré, Jorge s'en allait dans la galerie avec Angélica. J'ai cru que j'allais tomber mort. Mes jambes sont devenues molles, cette douleur que j'ai encore s'est enfoncée comme un clou dans mon cerveau, je me suis cramponné au rideau, je suis resté là jusqu'à ce que les forces me reviennent un peu, et après je suis entré dans la galerie, ils étaient là tous les deux et ils se promenaient en se tenant par la main. J'ai eu un tel désespoir que je ne pouvais plus respirer. Ensuite je me souviens de m'être aperçu que le dénommé Jorge savait très bien faire des grands gestes, et je me disais que je ne pourrais pas en faire de pareils parce que chez un enfant ça ne peut pas être aussi joli, avec ses petits bras et son costume marin...

quand, tout d'un coup, elle se plante devant lui et commence à lui arranger sa cravate, et il lui prend les bras et elle recule, mais il se penche et lui donne un baiser sur le visage…

Alors là je n'ai plus pu me retenir. D'abord je me suis mis à tourner dans toute la maison, puis les pleurs sont venus et je suis parti en courant, pour disparaître, je me suis retrouvé dans la salle à manger, et, sans savoir pourquoi, je me suis réfugié sous la table. Je pleurais très fort, et ils sont tous venus, et ils se sont mis à s'agiter ; parce que tout le monde voulait savoir ce qui se passait et les dames me demandaient : « Qu'est-ce que tu as, mon petit ? » et les hommes : « Qu'est-ce qui se passe ? » et Maman était comme folle. Mais je cachais ma tête dans mes bras et je continuais à pleurer, avec l'envie de mourir ; et, quand quelqu'un essayait de me sortir de là, je me défendais à coups de pied. Jusqu'au moment où un monsieur se baisse et ramasse un verre par terre, le renifle, le donne à sentir aux autres et dit ensuite : « J'ai trouvé le pot aux roses. Il a bu toute la crème de cacao. » Et tout le monde a éclaté de rire. Et les uns demandaient si la liqueur m'avait plu ; et les autres disaient que les cuites qui font pleurer sont les pires, et le pauvre gosse, et comme c'est drôle, et un tas d'imbécillités, tandis que je ne pouvais pas retenir mes larmes, c'était comme une attaque et ça me venait comme un hoquet qui m'étouffait, et le cœur me faisait mal. Jusqu'au moment où maman a perdu patience et m'a donné des gifles, elle m'a tiré de là et m'a porté dans une voiture. Après... après je ne sais plus, je sais seulement que j'ai de la fièvre et que j'ai passé toute la nuit à dire ces choses folles que mes frères répètent...

À cet endroit, le journal devient soudain confus et contradictoire, et les pages qui suivent sont incompréhensibles. J'ignore depuis quand avait été écrite la dernière ligne lorsque le hasard mit ce cahier douloureux et naïf entre mes mains. Tout ce que je peux dire, c'est que ce fut un soir où la tristesse de mon ami Carlos Romeral me fit un devoir de l'accompagner voir le petit malade. Ce fut là peut-être l'heure la plus amère de ma vie.

La fin du jour est toujours mélancolique dans les chambres de malades ; mais cette visite reste dans ma mémoire comme une plaie dans la chair à vif, constamment ouverte et saignante. Une angoisse intolérable me tenaille au seul souvenir de cette pénombre dans laquelle nous nous dessinions tous comme des spectres, de la lucarne où apparaissait un morceau de ciel gris-bleu et où passait de temps en temps un oiseau silencieux, de la touche de pinceau blafarde du lit sur lequel se dressait confusément le buste du petit fou qui parlait sans arrêt, laissant couler un monologue exaspérant. Près de moi, la grand-mère, avec l'expression revêche de certains êtres qui grognent au lieu de pleurer, s'affairait à mettre de l'ordre dans les flacons et les boîtes de médicaments ; Carlos Romeral, affalé dans un fauteuil, mordait sa moustache, nerveux, désespéré, révolté ; et moi j'écoutais le récit que me faisait la mère de la maladie de son fils.

La femme parlait d'une voix sourde, mais fiévreusement. Elle obéissait sans doute à ce prurit absurde, mais si courant chez les affligés, qui consiste à se remémorer avec une cruelle minutie tous les phénomènes qui se sont succédé jusqu'à la crise finale du malade qu'ils pleurent. Cette femme avait déjà beaucoup pleuré. Maintenant, un secret instinct de diversion, ou peut-être l'espoir de trouver un réconfort dans ce récit, la poussait à détailler ces épisodes navrants. J'écoutais, par politesse, ou pour ne pas avoir les oreilles blessées par le monologue atrocement calme du petit fou. Par moments, nous percevions le murmure des médecins qui tenaient conseil dans la chambre voisine. Alors la mère suspendait son récit, et je pouvais lire dans son regard la douce et triste espérance des faibles. Mais les voix s'éteignaient, et elle reprenait.

Au début de sa maladie, l'enfant avait eu des délires de terreur qui s'achevaient en convulsions ; ensuite la fièvre avait disparu, mais la raison ne revenait que par intermittence ; et enfin le délire s'était fait tranquille et constant. De la frayeur que lui causait un sanglier dont les yeux ronds et la moustache en brosse à dents étaient humains, il glissait à des discussions absurdes avec des lunettes jaunes et des conversations avec des coups de cloche qui passaient en volant, flottaient dans l'air et tombaient comme de grosses gouttes dans un étang imaginaire.

— Et aujourd'hui, conclut la mère, il ne parle plus que des cloches. Il ne nomme jamais personne, pas même moi. Il ne souffre pas non plus, comme vous voyez ; au contraire, il semble prendre plaisir à son délire. C'est horrible ; ce contentement que rien ne peut troubler est épouvantable.

Et elle se tut, étranglée par les sanglots.

Il y eut un silence, pesant, funèbre. Soudain, le monologue de l'enfant fou reprit. Cette petite voix tristement ensorcelée interrogeait les cloches imaginaires sur la signification de leurs sons. Un moment, son regard croisa le mien, et l'éclat métallique de ces yeux égarés me transperça les entrailles comme un poignard glacé. Je fis un effort et lui souris. Il me répondit par le rire grinçant des fous et, convulsionné d'hilarité, il se recoucha en enfouissant son visage dans la literie.

Et ce fut alors que le cahier, qui était peut-être sous l'oreiller, tomba près de nous. Machinalement, je me dépêchai de le ramasser. Je pus lire sur la couverture : Histoire & Géographie, première année. *Mais, au même instant, je fus distrait par le retour des médecins et je gardai le cahier à la main. Sans que je soupçonne le moins du monde le secret qu'il contenait, mes doigts en faisaient un rouleau, pendant que mon attention était détournée par la suffisance des gens de la Faculté qui discouraient sur « les effets pernicieux de l'alcool sur le cerveau de l'enfant ».*

Ce que je compris de ce discours savant, c'est qu'il annonçait un triste et rapide dénouement.

Quelques minutes plus tard, j'étais en train de traverser l'Alameda pour rentrer chez moi, quand je me rendis soudain compte que je tenais toujours le cahier à la main. D'un geste machinal, je l'ouvris…

J'en ai fini la lecture au moment où les cloches de San Francisco commençaient leur carillon du soir, lent, grave, tragique, et moi, à demi gagné, à mon tour, par cette atmosphère de folie, j'ai senti que les coups de cloche tombaient un à un, comme d'énormes larmes de cauchemar, sur mon cœur.

PAUVRE LAID !

Tendre lectrice,

Ces fragments sont authentiques. Ils font partie d'une série de lettres écrites par mes deux cousines qui vivent avec leur mère dans une pension de famille de Valparaiso. J'ai seulement dû corriger légèrement celles de ma petite cousine Luisita, dont l'instruction n'est pas encore assez avancée pour que la lecture en soit facile, respectueuse de ta grammaire et de ton bon goût. Si tu es frivole, superficielle, indolente, ne les lis pas, car elles ne te diront pratiquement rien — ou ne les lis que pour rire avec l'inconsciente cruauté de la jeune Luisita. Mais si tu mérites le qualificatif que je t'ai donné en tête de ces lignes, si ton cœur est ouvert à la douleur et à la tendresse, les lettres de mes cousines, au-delà de leur redoutable drôlerie, ne te permettront pas de rire sans que ce rire, après avoir fleuri sur tes lèvres, n'en tombe comme une fleur meurtrie, comme une pieuse offrande à tous ceux qu'un dessein incompréhensible de la

Nature semble avoir condamnés au désespoir de la solitude.

Comme ma cousine Isabel, tu as peut-être, toi aussi, rencontré un José sur ton chemin. Ils sont nombreux ceux qui, parce qu'ils sont très laids, très timides et très faibles, se consument dans leur soif infinie de tendresse, dans leur faim d'amour qu'une belle ne viendra jamais assouvir, victimes de la cruauté suprême du ventre monstrueux qui les a conçus ainsi, désarmés et impuissants devant la Femme et devant la Vie.

D'ISABEL

... Je sais à qui tu fais allusion, et à qui a fait allusion Luisita dans la carte postale qu'elle t'a envoyée. C'est absurde. Il est vrai que... (j'ai honte d'avoir à te le dire), il est vrai que ce monsieur montre plus que de la sympathie pour moi : mais... ce n'est pas de ma faute, jamais je ne l'ai... oh ! et puis, assez ! Je proteste contre cette infamie : je n'ai pas à m'expliquer, ni à me défendre ; je proteste, c'est tout !

Et toi, ne ris pas. Je suis vraiment furieuse. Si tu connaissais le personnage, tu me donnerais raison. Je regrette de ne pas avoir un portrait de lui car, si tu le voyais, tu comprendrais ma colère. Je vais essayer de te le décrire. Il est d'une laideur qui déconcerte. Figure-toi un jeune homme long comme un jour sans pain, avec cette maigreur des adolescents qui ont grandi trop vite après une maladie. Il a une figure de papier mâché, stupide ; les joues creuses sous des pommettes saillantes. Les paupières — quelle horreur ! — sont plombées, et sur la peau, plombée elle aussi, on dirait que les lèvres blanches, chiffonnées, molles, vont disparaître... Qui serait capable de lui donner un baiser... ?

D'ISABEL

... Tu t'intéresses vraiment au personnage ? Ce que je n'accepte pas, c'est que tu me dises « donne-moi des détails de tes amours avec lui ». Ne me taquine pas. Je comprends qu'un écrivain s'intéresse à ce genre d'individus. Ils sont passionnants. Mais ne m'offense pas, cesse de te moquer de ta cousine.

José — c'est son nom — a fait son apparition dimanche dernier. La propriétaire de la pension nous l'a présenté à l'heure du déjeuner. Et les hors-d'œuvre n'étaient pas terminés que nous n'avions tous plus qu'une envie, c'est de parler du « nouveau » et de lui parler. Aurelio, un pensionnaire très blagueur et très drôle, a ouvert le feu. « Vous êtes vraiment grand », lui a-t-il dit. José, tout rouge, a eu la naïveté de répondre doucement et d'un air confus, en découpant son bifteck : « Tout petit, je promettais d'être très grand. — Et vous avez tenu parole », a rétorqué Aurelio.

Là-dessus, tu peux imaginer la scène : rires au balcon.

Ensuite, il y a eu un silence. Nous nous regardions tous, en retenant nos rires ; et lui, de plus en plus écarlate, continuait à découper son bifteck. Mais l'envie de rire ne nous lâchait pas et nous n'avons eu d'autre ressource que de faire des plaisanteries. Des plaisanteries sur les domestiques, des plaisanteries sur les haricots que nous sert la mère Loreto, des plaisanteries à propos de tout et de rien... Et du plus mauvais goût... ! Mais nous riions quand même de bon cœur ! Et lui aussi, il riait ; et nous, en le voyant tellement innocent, nous riions encore plus fort ! Il y avait de quoi. Le malheureux !

Après le déjeuner — tu connais les papotages dans les pensions de famille, le dimanche après le déjeuner —, nous avons discuté du surnom que nous allions donner au « nouveau ». « Ganache », « grand échalas », « bambou », « tuyau de poêle »... Nous avons décidé de l'appeler « bambou », une idée d'Aurelio, le boute-en-train de la maison. « Bambou » traduit bien sa taille insensée et sa terrible maigreur, c'est vrai ; mais il est désarticulé et mou. On dirait plutôt un boyau, avec sa couleur graisseuse et son cou élastique qui s'allonge et se replie. Il a aussi une pomme d'Adam qui ressemble à un genou de don Quichotte et, pour couronner le tout, il a un air hagard, renfermé, sinistre.

À vrai dire, je ne suis pas d'accord avec le surnom. Mais c'est le clown de la maison qui le lui a donné. C'est rageant ! Pourquoi faut-il, cousin, qu'il suffise d'avoir la réputation d'être drôle pour dire n'importe quoi et pour que tout le monde trouve ça admirable… ?

D'ISABEL

Oui, cousin, oui, cher curieux, il me fait la cour. C'est justement pour cette raison que je ne t'ai pas écrit depuis quelques jours. Je suis irritée, furieuse ; j'aimerais ne plus entendre parler de lui. Si je ne t'avais pas promis de te raconter… Enfin, que te dire… ? Qu'il me casse les pieds ! Il ne me parle pas, non. Il est très timide, il est de ces êtres solitaires qui se sentent mal à l'aise en société (et il a raison !). Mais il me regarde, il me regarde, il me regarde… avec des yeux de chien soumis qui quémande un os auprès de son maître. C'est désespérant. Je dois lui opposer une face de hyène ; car il finit par s'en aller, avec une expression de profonde tristesse, ses immenses bras ballants, plus laid que jamais. L'imbécile, la ganache, qu'est-ce qu'il s'imagine !

Je ne suis pas d'humeur à t'en dire davantage aujourd'hui…

DE LUISITA

C'est moi qui t'écris, parce qu'Isabel refuse, une fois de plus, de le faire. Est-ce qu'elle est idiote ? Elle est furieuse de l'histoire de Bambou. Au lieu de répondre à ses avances, pour qu'on rigole un peu… Mais je t'écris parce que je m'imagine que tu vas peut-être en tirer un roman… J'ai déjà fait ami-ami avec lui ; on s'est disputé, et tout. Ce soir, un pensionnaire m'a raconté qu'ils ont envoyé la porte dans le nez de Bambou et que le coup lui a laissé le nez, qui est très pointu, collé à la porte. Je lui ai demandé si c'était vrai et il s'est fâché. Mais ensuite nous nous sommes raccommodés, parce que je lui ai expliqué dans quelles rues Belle va toujours se promener et quelles pâtisseries elle préfère. Alors il m'a emmenée dans sa chambre et il m'a fait cadeau d'une douzaine de jolies cartes postales. Il n'a pas de saint au mur, pas même un cœur de Jésus, alors qu'il y en a partout, jusque dans la rue, dans les vitrines. Bizarre, non ? Il est peut-être franc-maçon ? Au-dessus de son lit, il a une photo de sa mère dans un de ces cadres anciens qui font peur. La maman était tout à fait pareille à lui, mais alors ce qui s'appelle pareille. La pauvre ! Je ne veux pas me moquer d'elle ; on ne plaisante pas avec les morts…

D'ISABEL

… Il faut que tu grondes Luisita. Elle donne, aux dépens de ce malheureux, des spectacles qui sont peut-être du plus haut comique, mais un peu tristes aussi, et très pénibles. Ce qui s'est passé ce soir m'a fait beaucoup de peine. Le pauvre Bambou, qui a adopté à mon égard une gaieté mélancolique, s'est aventuré à me faire je ne sais quelles galanteries et à me poser je ne sais quelles questions, comme s'il essayait de savoir quel était mon idéal d'homme. Luisita, l'effrontée, lui a dit, indignée : « Est-ce que, par hasard, vous vous croiriez joli garçon ? »

Jamais, au grand jamais, il ne s'est imaginé une chose semblable, je t'assure : il voit bien qu'il se cogne tout le temps la tête aux lampes du plafond ; il sait bien que ses oreilles sont indécentes, toutes tordues comme elles sont sur son crâne, et pointues, comme si on les avait chiffonnées à sa naissance ; il doit bien admettre que sa gorge est comme un boyau d'intestin enroulé, elle branle comme un battant de cloche dans le col de sa chemise — parce qu'il porte de ces cols… il doit passer sa tête dedans d'un coup, sans les décrocher de la chemise ni les déboutonner — ; il n'ignore pas, enfin, que ni ses bras décharnés, dont les coudes font des poches aux manches, ni ses immenses pieds plats, ni ses mollets invraisemblables de maigreur, ne sont des marques de beauté.

Mais revenons à mon récit.

« Regardez-vous dans la glace ! » a lancé Luisita. Humilié, muet, il s'est déplié pour se lever de sa chaise, et il est parti, l'échine basse... En passant devant la glace, il a jeté à la dérobée un regard furtif. J'ai vu, moi aussi, son image reflétée : cette dégaine de gamin, ces jambes interminables : une saucisse montée sur un compas. Quelle cruauté de la nature !

« Vous avez vu ? a dit Luisita. Il a la figure d'un criminel, une tête d'assassin, avec son crâne tondu à zéro. »

Tu dois gronder cette gamine. Puisqu'elle est capable de faire ce genre de comparaisons, elle doit aussi être capable de comprendre ce qu'elle fait. Maman n'a aucun pouvoir sur elle...

DE LUISITA

Tu pourrais croire, comme ça, cousin, qu'un individu aussi maigre ne doit guère manger. Tu te trompes. Il laisse toujours son assiette vide. Il a un appétit extraordinaire ! Il soupire presque autant après la nourriture qu'après Belle... Ah ! et nous avons appris que sa taille lui cause des problèmes jusque chez le coiffeur. Aurelio dit qu'il l'a vu aujourd'hui en train de se faire couper les cheveux et que le coiffeur, pour pouvoir atteindre sa tête, avait dû le faire asseoir par terre.

Et on ne veut pas que je rie !

D'ISABEL

... J'ai bien été forcée de rire. Luisita lui a dit que j'aime beaucoup le piano. Il sait en jouer et — chose étonnante —, lui qui est si emprunté, si languissant, il joue tout d'un petit air joyeux, il est rapide, allègre, charmant, on dirait que ses doigts (ses doigts !) effleurent à peine les touches.

... Surtout, continue de gronder Luisita. Elle a décidé de me faire tourner en bourrique. Elle lui rend compte de tous mes goûts, de toutes mes passions, et du coup ce... Bambou ne me laisse pas de répit. Et le pire, c'est que les pensionnaires me crucifient par leurs plaisanteries sur mon *pouvoir de séduction* (!).

DE LUISITA

Maintenant, je fais de lui ce que je veux. Tu devrais voir comme je le mène à la baguette.

« José, dépliez-vous. » Et il se lève de son fauteuil, comme s'il était une de ces bandes de cartes postales en accordéon. « Repliez-vous. » Et il se rassied. Il ne se fâche pas, il rit. Il ne peut pas faire autrement. S'il se fâchait avec moi, il ne saurait plus comment Belle réagit à ses fadaises...

D'ISABEL

J'avais arrêté de t'écrire parce que je considérais que rien de tout cela n'avait d'importance. Mais les événements se sont succédé sans discontinuer et ils forment désormais, par leur quantité, un ensemble énorme, alarmant, qui vaut la peine que je te le raconte.

J'ai dit alarmant, et c'est la vérité. Crois-moi, par moments j'ai peur. Cet homme me semble maintenant capable de tout. Il accepte tout par amour de moi. Quelle ténacité ! Comment peut-il supporter autant d'insolence de la part de Luisita, autant de sous-entendus de la part des pensionnaires, et persévérer dans un projet dont je fais tout, par tous les moyens, pour lui montrer qu'il est insensé ? Oui, cousin, je te jure, je suis très inquiète. Il me fait tous les cadeaux qu'il croit m'être agréables. Hier, il m'a apporté des marrons glacés ; samedi, un bouquet de chrysanthèmes. J'ai dû les accepter : devant les sarcasmes des autres, j'ai trouvé que c'était trop dur de le vexer. Le résultat, c'est qu'il me rend folle. Je t'ai déjà raconté qu'il joue du piano, et il en joue maintenant très souvent, puisqu'il sait que j'aime la musique. Mais, même ça, au lieu de me faire plaisir, ne contribue qu'à me le rendre plus insupportable encore. Rends-toi compte : en me demandant ce que je veux écouter, il chantonne les mélodies... et avec cette voix essoufflée, sans timbre, qui sort de sa bouche blême comme un râle. C'est terrible, et cela me cause un de ces malaises !

Autre chose : je le rencontre dans toutes mes promenades, fleuri, très élégant (ça oui : il n'est jamais mal habillé, même si rien ne lui va, le pauvre). Et il me poursuit, il m'importune constamment... ou il me fait de la peine, parce que j'ai pitié de lui. Maintenant il se poudre, il se rase tous les jours, il est devenu coquet. Le malheureux ! Comment prêter de l'esprit, de la coquetterie à un manche de parapluie ? Il n'a plus cette allure languissante et mélancolique ; il est devenu loquace, enjoué. Je ne sais où il est allé chercher son immense répertoire de dictons et de proverbes : « Il a décidé de se fixer à Valparaiso parce qu'il a déjà trop voyagé, et *pierre qui roule n'amasse pas mousse ;* parce qu'il doit penser à l'avenir, à fonder un foyer (!). Est-ce qu'il y parviendra ? *C'est en forgeant que l'on devient forgeron...* » Parfois, en l'écoutant, je ne peux réprimer un fou rire. Il s'en aperçoit, et alors, autre proverbe : « *Qui rit sous cape se souvient de ses vilains tours*. Pourquoi avez-vous si peu de sympathie pour moi, Belle ? »

Luisita était présente quand il m'a posé cette dernière question, et elle a répondu à ma place, avec son inconsciente cruauté d'enfant : « À cause de votre nez, José. — À cause de mon nez ? Et qu'est-ce qu'il a, mon nez ? — Votre nez ? Rien. Vous avez le même que votre mère. » Tu te rends compte ! J'ai cru que Luisita allait recevoir une gifle... Elle le méritait. Cette gosse est terrible, diabolique. Au lieu de cela, il s'est tu, il m'a simplement regardée. Mais, peu après, il est parti, et il n'est pas ressorti de sa chambre de toute la journée.

Les méchancetés de ce petit diable de Luisita n'ont pas de limites. Elles augmentent tous les jours. Désormais, on dirait qu'elles ne viennent plus d'une simple envie de rire, mais d'une haine mortelle pour le malheureux Bambou, dont le seul crime, à ses yeux, est de m'aimer. Une autre fois, elle lui a dit : « Tais-toi, affreux. On aurait dû vous tordre le cou à la naissance, personne n'a le droit d'être aussi laid. » Et comment crois-tu qu'il a réagi à pareille grossièreté ? Il est resté un moment pensif, comme s'il pesait le fond de douloureuse vérité que pouvaient contenir ces mots, puis il a murmuré, avec une sincérité à vous fendre l'âme : « C'est vrai ! »

Tu vois ? Tout cela est peut-être comique, mais c'est très pénible.

Et que dire des pensionnaires ! Encouragés par l'exemple de Luisita, ils l'accablent de moqueries. Aurelio a composé un poème. Luisita le déclame, le soir, au salon. Ce poème raconte que Bambou, qui

À genoux semble une langouste
Et debout peut embrasser le soleil

ne tient pas dans son lit, mais que son esprit fertile a remédié à cet inconvénient. Il place deux chaises au pied du sommier, de sorte que, en passant ses « interminables tibias » — ce sont les mots du poème — à travers les barreaux, il les pose sur ces rallonges après les avoir glissés dans un vieux pantalon, et peut ainsi s'étirer tout à son aise et dormir, malgré sa longueur. Suit une strophe qui raconte que le corps de Bambou monte si haut au-dessus de la terre qu'il arrive à sentir la chaleur de la lune. Et la dernière strophe dit que, par une nuit de froid épouvantable, Bambou ne parvient pas à se réchauffer les pieds. Que fait-il alors ? Il se lève de son lit, enfile tous les manteaux qu'il trouve dans son armoire, monte sur le toit et là, couché sur les tuiles, lève les jambes et — oh ! prodige ! — ses pieds, en se retrouvant tout près de la lune, reçoivent la chaleur tant cherchée. Comme tu vois, l'auteur n'y va pas avec le dos de la cuiller. Et lui, il ne change pas de pension ! Est-ce que je n'ai pas raison d'être inquiète ?

Mais, avant de terminer, je vais te raconter ce qui s'est passé ce soir. C'est vraiment très triste. Nous étions dans le *skating-rink* et nous nous préparions pour patiner, quand Luisita vient me voir et me dit : « Regarde-le, accroupi, et dis-moi si ce n'est pas vrai qu'il ressemble à une langouste, comme dans le poème. » Je regarde, en riant, et je vois José en train d'essayer des patins dans un coin, tellement grotesque, tellement ridicule, que j'ai préféré porter mes yeux ailleurs. J'ai pressenti une nouvelle séance de plaisanteries et cela m'a peinée de faire partie de ceux qui l'humilient, le blessent et lui empoisonnent l'existence. J'ai éprouvé une grande pitié, et puis — me croiras-tu ? — je me suis secrètement réjouie : avec tout ce monde, me suis-je dit, il passera inaperçu et pourra patiner, ces démons ne penseront plus à lui, il s'amusera enfin pour de bon et... je patinerai avec lui. Pourquoi pas ? Le pauvre ! Mais, alors que nous étions tous déjà prêts, je le vois devant moi, l'air plus ahuri que jamais, en train de me regarder... et sans patins. Je lui ai demandé : « Vous n'allez pas patiner ? — Non, je n'en ai pas envie ; mais je vous verrai patiner, vous, Belle. » Je me suis peut-être trompée, mais j'ai cru déceler dans son expression une profonde tristesse, comme s'il se rendait compte que nos plaisirs n'étaient pas faits pour lui, comme si, en se voyant incapable, du fait de ses tares physiques, de s'associer à nos amusements, il préférait rester en marge pour ne pas détonner dans notre compagnie et ne pas s'exposer une fois de plus aux « rires dans la salle ». Pendant ce temps, Luisita nous avait rejoints et, avec la haine aberrante qu'elle porte à ce pauvre Bambou, elle se livrait à son plaisir diabolique de faire souffrir le malheureux. « Bah ! a-t-elle dit, vous ne voulez pas parce que vous ne pouvez pas. Vous avez essayé les patins les plus grands que vous ayez trouvés et ils sont encore trop petits. » Un sourire, comme toujours, un sourire a été la réponse du bon José. Mais qu'il était amer, ce sourire, et humilié, et triste. Puis il s'est éloigné, en silence, comme s'il craignait que, en demeurant dans notre groupe, l'atroce jouissance des autres ne revienne, avec les rires venimeux, les échanges de regards, et comme s'il préférait conserver son attitude passive face à tous ces gens, à leur joie méchante, à leur beauté agressive, dont la seule présence l'écrasait.

Toute la soirée, j'ai eu de la peine pour lui. Je le sentais déprimé, repoussé dans son désir de s'épancher, empoisonné dans ses rêves de bonheur... Et je n'ai pas pu m'amuser. Pourquoi ne quitte-t-il pas notre pension ? Il lui serait facile de m'oublier. On lui en a tant fait voir. Mais il faut dire aussi que ces démons de la pension ne peuvent jamais être ensemble sans choisir quelqu'un comme cible de leurs plaisanteries ou comme objet de leur amusement. Quels crétins ! Ils me mettent dans une colère...

En t'écrivant, j'ai dépassé minuit. Il faut te dire que cette lettre était difficile à rédiger, et que j'ai dû faire un brouillon... Et le pire, c'est qu'elle m'a fait pleurer. Enfin, à demain, ou à après-demain, s'il se passe encore quelque chose qui vaille la peine d'être mentionné. N'oublie pas de gronder Luisita ; tu vois qu'elle le mérite.

DE LUISITA

... Ça alors, mon petit cousin chéri ! Comment veux-tu que je ne rigole pas ? Me croiras-tu si je te raconte que, parce que je lui ai dit dimanche que Belle détestait les goinfres, le voilà maintenant qui ne touche presque plus à son assiette ? Oui, il est vraiment stupide, vraiment stupide. Ne le plains pas et ne te fâche pas contre moi...

D'ISABEL

... Luisita est devenue carrément insupportable. Maintenant, elle ne se contente plus de se moquer du malheureux José, elle l'insulte, elle l'offense, elle lui ressort tout le temps la laideur de sa mère, elle lui donne même des coups de pied. Hier soir, elle a eu le toupet de lui réciter les vers composés par Aurelio. José, furieux, a voulu savoir qui en était l'auteur, et il y a eu une scène terrible, dont le résultat est, d'après ce qu'on me dit, que ce matin le pauvre garçon est malade. Il n'a pas quitté sa chambre de la journée. Tu t'imagines, après une pareille avanie...

DE LUISITA

... Maman m'a battue à cause de cet animal qui fait le malade depuis deux jours rien que pour que je sois punie. Et comme Isabel est de son côté... L'hypocrite, la coquette, d'abord elle se moque de lui, et ensuite elle fait demander des nouvelles de *la santé de José*. José... José... Bientôt, elle l'appellera Jojo. On a bien raison de dire que les femmes sont des comédiennes. Grâce à Dieu, je ne suis pas encore femme ! Ah ! mais ils vont me payer ce qu'ils me font. C'est du joli : me battre à cause de la stupidité d'un étranger… !

D'ISABEL

… Les choses vont très mal, mon cher cousin. Franchement, je ne sais comment tout ça finira. Je m'étais bornée, ces derniers jours, à faire prendre de ses nouvelles : simple politesse, à l'égard d'un malade dans la maison. Mais, ce matin, la bonne me raconte que le pauvre, bien qu'il se dise malade, ne s'est pas couché depuis le soir de l'avanie. Cela m'a tellement inquiétée que, vers la fin de l'après-midi, j'ai prié un pensionnaire d'aller lui rendre visite et de s'informer de son état réel. Moi, comme j'avais passé toute la journée à me faire du souci, j'étais à bout de nerfs et je suis allée écouter derrière la porte. Je serais incapable de te répéter ce que j'ai entendu. Par chance, mon émissaire m'a presque tout rapporté ensuite, et cela m'a suffisamment intéressée pour que je croie pouvoir le rendre cohérent et te l'écrire. Je vais donc essayer. Tant pis pour moi si, demain, tu te moques de moi en disant, comme la dernière fois, que je fais de la littérature. C'est vrai qu'à force de te fréquenter...

« J'aimerais pouvoir rendre ces jours éternels — a-t-il dit en apprenant que je m'intéressais à sa douleur —, j'aimerais pouvoir rester ainsi toute ma vie, dans cette chambre, malade de chagrin, afin de continuer à recevoir ces messages qu'elle m'envoie, les seuls de ce genre que j'aie jamais reçus, car je ne peux rêver un plus grand bonheur. Vos moqueries et celles de Luisita ? Elles ne m'ont jamais mis en colère. Elles me montraient seulement, chaque fois plus clairement, l'abîme qui nous sépare, elle et moi. C'était le seul côté des choses qui m'intéressait. Pourtant, je ne désespérais pas ; je me livrais constamment à des explorations intérieures, je modifiais mes comportements, j'essayais de nouvelles attitudes, en espérant me découvrir une qualité inconnue, un aspect de moi-même que j'ignorais et qui, en me permettant de me conduire autrement, me rapprocherait d'elle... Rêves ! Je ne faisais que me rendre chaque fois moins sympathique. Je le vois bien, maintenant. Je faussais ma personnalité, et je la rendais encore pire. C'était l'espoir qui me poussait, cet espoir absurde des disgraciés comme moi qui croient encore à l'imprévu, à la magie... et qui construisent dessus, tour après tour, leurs châteaux en Espagne... jusqu'au moment où ceux-ci s'écroulent sur eux et les écrasent.

» Non, ce ne sont pas les avanies que vous m'avez fait subir qui sont la cause de mon état présent ; c'est que cette nuit-là, ne pouvant dormir, j'ai beaucoup réfléchi et j'ai pris l'exacte mesure de la réalité. Je n'en veux à personne. D'ailleurs cela me poursuit depuis le collège. Personne ne m'a jamais aimé, même les amis. Je ne suis pas sympathique, pas communicatif, pas gai ; je suis grossier, grognon... et laid. Pour moi, les mots "amour", "affection" résonnent comme l'écho de quelque chose de très beau que les autres trouvent sur leur chemin et que Dieu n'a pas voulu mettre sur le mien. Et malgré cela, si vous saviez combien j'ai toujours eu besoin d'aimer ! Voilà comment cet amour que je porte en moi, que j'ai toujours retenu enfermé dans mon cœur, s'est déversé tout entier sur elle. Bien sûr, vous devez trouver que je suis un songe-creux. Ah ! si au moins mon songe pouvait être éternel... Mais je sens qu'il est près de sa fin ; je comprends que toute cette souffrance n'est que le début de quelque chose qui doit m'abattre. Non, ne me contredisez pas. Les disgraciés ont un cœur de prophète... »

Mon émissaire lui a demandé s'il avait réussi, ne serait-ce qu'une fois, à parler de cela avec moi. « Jamais, a-t-il répondu ; jamais elle n'a pu apercevoir mon esprit dans sa vérité. Je ne sais pourquoi, je me suis toujours présenté à elle sous un faux jour. Il arrive souvent que les circonstances nous obligent à nous replier sur nous-mêmes et à nous montrer différents de ce que nous sommes, surtout lorsque le milieu dans lequel nous vivons est hostile. Et, vous le savez, j'ai toujours vécu ici désorienté, au milieu de toutes ces moqueries. Et puis je suis faible, je ne sais pas m'imposer. Depuis mon enfance, les gens m'impressionnent. — Et pourquoi ne lui parlez-vous pas maintenant ? » a suggéré l'émissaire, que l'émotion avait gagné. José a répondu : « Non, non, non ; je comprends qu'elle ait d'autres aspirations ; elle a tant de mérites et tant de charmes. Je ne dois pas protester, je ne dois pas prononcer un mot. Personne n'a le droit d'être aussi laid, m'a dit un jour Luisita. Et, dans mon cas, c'est vrai. On aurait dû me tordre le cou à la naissance, comme le pense cette gamine. Et pardonnez-moi si je vous importune avec mes lamentations. C'est si dur de se résigner… Laissez-moi quand même m'épancher. Cette torture dépasse mes forces, et vous êtes venu ouvrir une vanne en moi… Pardonnez-moi si j'abuse. Je revis mes infortunes passées, et l'avenir n'en devient que plus noir : la solitude, toujours la solitude. Vu de sang-froid, c'est du sentimentalisme ridicule, je le sais. Mais vous ne savez pas ce que peut être l'amertume de sentir que le bonheur vous est interdit quand on n'a même pas eu la pauvre satisfaction d'en connaître le début... »

Et après, je ne me souviens plus, cousin. J'ai oublié beaucoup de choses, il a parlé de sa mère... que sais-je ! Impossible de me rappeler davantage en ce moment. Pour être franche, je n'arrête pas de pleurer. Qui aurait pu prévoir tout cela ! Les femmes ne s'attardent jamais à considérer ce dont les hommes ne parlent pas. Tu vois : je permettais qu'ils se moquent de lui, et je le détestais, je le détestais...

Et maintenant, que dois-je faire ? Ce que me dicte mon cœur ? J'ai peur. Je te demande un conseil. Je te préviens en toute franchise que, désormais, je ne pourrai jamais aimer un de ces hommes qui n'ont pas souffert et qui vivent dans une indifférence monstrueuse... Mais quand même, il est si laid, si laid, le pauvre José. Pourtant il est propre, il s'habille bien, il a les dents blanches et saines, et même sa tristesse me semble belle, maintenant. Et puis j'ai déjà vingt-cinq ans. Je suis presque une vieille fille, une charge pour maman. Enfin, conseille-moi. Tu as du cœur et tu connais la vie...

MA RÉPONSE À ISABEL

Ma pauvre petite cousine ! Que tu es bonne, bonne et charmante ! Quoi ? une vieille fille de vingt-cinq ans ? Là, oui, tu fais de la littérature, et de la littérature sentimentale, c'est-à-dire la pire. Pour le reste, non. La femme est comme le peuple : elle dit très bien les choses quand elles jaillissent du fond d'elle-même. L'intensité et la véhémence de tes dernières lettres me prouvent seulement que tu ressens très profondément le malheur de Bambou. Et, de ce point de vue, je te dis bravo : ta vie s'en est enrichie, elle est devenue plus dense et plus utile. Mais c'est dans ce sens seulement que je te dis bravo. Mon conseil, mon conseil froid, serein, est dur ; il va à l'encontre de ton adorable sensibilité et la blessera peut-être. En te le donnant, je ne suis pas guidé par un sentiment que l'on pourrait appeler un égoïsme familial, non. Le pauvre José me fait beaucoup de peine. Surtout, il y a dans sa vie quelque chose qui fend le cœur : sa terrible et juste absence d'espoir. Il n'est ni un songe-creux ni un imbécile, il sait que son existence suivra un parcours sombre et odieux, alors que l'amour est la loi suprême de la vie, la seule chose qui soit irremplaçable. Il se peut même que, dans les moments où une clémente résignation commencera à germer en lui, ce cri désespéré montera de son cœur : « J'ai soif de tendresse ! » C'est cruel, très cruel ; car il n'est ni misérable, ni pervers, ni méchant ; car ce n'est pas sa faute s'il n'a pas droit à l'amour. Il est laid ; tout est là ; c'est un affreux. Il n'y a pas d'autre raison. Et c'est là ce qui est tragique. Car un laid est, jusqu'à un certain point, un échec de la nature, quelque chose qui a mal tourné et qui n'a aucune chance de participer au sublime prodige de l'amour... Quel mauvais génie a mêlé, chez ces êtres, ce désir infini d'aimer et d'être aimé, et cette laideur repoussante ? Mystère. Il semble que le grand concert de la création ait besoin de ces disgraciés pour faire les heureux. Oh ! indéniable nécessité de la douleur !

Nous devons nous y conformer. L'absurde, c'est de souhaiter que ceux ou celles qui, comme toi, sont nés pour connaître un sort meilleur, aillent, par pitié, grossir les rangs du parti maudit. Divin absurde, sans doute, puisqu'il crée des héros ; mais je ne le souhaite pas pour toi. Ne te laisse pas fasciner par l'héroïsme, ma chère cousine ; considère que personne ne peut savoir à l'avance s'il est fait de la pâte des héros. Alors, sois dure. Dans ce genre de situation, nous sommes obligés de l'être. Comment peux-tu être sûre que, demain, tu ne rencontreras pas sur ta route un homme que tu aimeras d'un amour entier et passionné ? Et si, auparavant, tu as cédé à la pitié, que feras-tu, dans ce cas ? Pour ne pas avoir été forte aujourd'hui, tu seras demain, probablement, cruelle et indigne. Tu le trahiras, tu le… Ah ! tu ne sais pas ce qu'est la cruauté qui naît d'un cœur épris, en pareilles occasions, quand elle s'exerce sur la douleur de l'offensé ! Tu es encore une jeune fille, le respect que je dois à ta pudeur ne me permet pas de te parler aussi clairement que je le voudrais. Mais cherche dans tes souvenirs. N'as-tu pas déjà rencontré des cas semblables dans ta vie ? Médite-les.

Pauvre José ! Je le plains beaucoup, oui beaucoup. Offre-lui ton amitié. Il aura tout à y gagner ; puisque, selon ses propres paroles, même les amis ne l'ont pas aimé. Tu es, maintenant, admirablement bien préparée pour être, avec lui, une excellente amie. Quoique, en y réfléchissant bien et en tenant compte de la bonté de ton cœur, je trouve encore cela bien dangereux… Tellement dangereux, même, que je ne te le conseille pas vraiment. Non, non ; pas d'intimité entre vous : tu es capable, par pitié, de faire un faux pas et de tuer dans sa fleur le bonheur que tu mérites. Lui, il peut trouver une… je ne dirai pas une laide… mais une fille modeste avec un cœur semblable au sien, il peut s'unir à elle par une douce alliance, jouir probablement avec elle d'une profonde et sincère affection, par affinité… etc. Mais toi, toi ? Non ; jamais. Tu aurais des enfants… et tu te résignerais à ce que tes enfants connaissent le sort du pauvre José, des petits Bambous qui seraient chansonnés par les rimailleurs douteux des pensions de famille ? Ah ! non ! Tu dois être forte, dure ; voilà mon conseil.

À demain. J'attends impatiemment le dénouement de cette histoire que j'ai crue amusante et qui, aujourd'hui, m'inquiète affreusement.

D'ISABEL

… Je suis désolée, Eduardo, désolée. Quelle sale gamine, mais quelle sale gamine ! Tu sais ce qu'elle a fait, Luisita ? Eh bien, elle m'a pris ta lettre en cachette et l'a donnée à José. Elle dit qu'elle voulait se venger. Mon Dieu, mon Dieu, de quoi sont capables les enfants quand ils se mêlent des affaires des grandes personnes ! Ce qui s'est passé, je l'ignore ; ou plutôt j'ignore ce qui va se passer. La gamine est revenue en pleurant à chaudes larmes. Elle dit que José a lu la lettre d'un trait et l'a giflée aussitôt. On n'en sait pas plus. Les bonnes qui sont accourues aux hurlements de Luisita l'ont vu sortir comme un fou. Elles disent qu'il tenait à la main le portrait de sa mère, qu'il criait : « Jamais, jamais, jamais plus ! » et qu'il est parti en répétant : « Jamais, jamais, jamais ! » comme un vrai fou, avant de disparaître dans la rue…

Et il n'est pas revenu. Il est une heure du matin, et il n'est pas revenu…

DU MÊME AUTEUR

Aux Éditions de La fosse aux ours

L'ENFANT QUI DEVINT FOU D'AMOUR suivi de PAUVRE LAID !, 1998 (Folio nº 4069)

Composition Nord Compo
Impression Novoprint
à Barcelone, le 30 août 2004
Dépôt légal : août 2004

ISBN 2-07-31683-1/Imprimé en Espagne

130169